時代小説

秘する花

刀剣目利き　神楽坂咲花堂

井川香四郎

祥伝社文庫

目次

第一話　月夜の小判　5
第二話　銘刀は眠る　93
第三話　かげろうの女　163
第四話　秘する花　235

第一話　月夜の小判

一

花のお江戸《えど》とはいうものの、京に比べれば季節の草花が乏しい。

上条《かみじょう》綸太郎《りんたろう》はそう思いながら、神楽坂《かぐらざか》の穴八幡稲荷《あなはちまんいなり》の境内《けいだい》を散策していた。まさに天高く馬肥《こ》ゆる秋に相応《ふさわ》しい、うららと爽《さわ》やかな昼下がりであった。

京から出て来て、一月《ひとつき》足らず。日本一と讃《たた》えられる江戸の水だが、慣れるにはまだしばらくかかりそうだった。

綸太郎は、京は松原通《まつばらどおり》　東洞院《ひがしのとういん》通にある『咲花堂《さくはなどう》』という刀剣目利きの骨董《こっとう》店の息子で、ひょんなことから江戸に店を出すことになった。

俗に〝江戸店《だな》持ちの京商人〟と呼ばれるが、呉服問屋や油問屋のように、江戸で一旗揚げるために東《あずま》下りをしたわけではない。京で何代も続く老舗《しにせ》の若旦那でありながら、生来の放浪癖《へき》が高じて江戸暮らしを始めたのである。

江戸城の牛込見附《うしごめみつけ》からまっすぐ伸びた、この美しい神楽坂を選んだのも特段の理由があるわけではない。京にも、白川《しらかわ》の方に神楽岡、神楽坂という通りがあり、綸太郎も幼少の頃に住んでいたことがある。

江戸の神楽坂を初めて訪れた時、柳が続く急な坂道に懐かしさを感じて、「店を出すなら、ここや」とすぐに決めた次第である。

さすがに、三代将軍が矢来町《やらい》にある屋敷まで往来した坂道である。文化文政《ぶんかぶんせい》の時代になっても、武家屋敷と町屋が入り混じった柔らかな情緒を醸《かも》し出す町並みは変わっていなかった。

もちろん江戸に来た別の目的がないかというと嘘《うそ》になる。まだ番頭にも話していないが、綸太郎は本阿弥《ほんあみ》家の傍系にあたる上条家に代々伝わる、三種の神器ともいえる秘密の宝を探しているのである。

その宝は徳川家康《とくがわいえやす》に奪われ、江戸のどこかにあるということを、〝一子相伝〟の中で伝えられてきたのである。宝とは、刀剣、茶器、掛《か》け軸の三点だが、それがいかなるものかは、まだ綸太郎の胸の内だけにある。

「その在処《ありか》……どうか見つかりますように」

と賽銭《さいせん》を投げ、柏手《かしわで》を丁寧《ていねい》に打って、店に戻ろうと通りに出た途端、ころころと小さな茶碗が転がって来た。ふと見上げると坂の上には桐箱の蓋《ふた》がパカリと開いて落ちている。茶碗はそこから弾み出て転がったと見える。

——早速、御利益《ごりやく》があったか。

綸太郎はとっさに手を伸ばそうとしたが、勢いを増した茶碗は急に向きを変えて転がると、雨水を流す側溝の石段に当たって、コトンと鈍い音を立てて割れた。

「てめえッ。このやろうッ。なんてことしやがンでえ！」

坂の上で激しい怒声が起こった。京育ちの綸太郎には、関東の言葉がどうも荒々しく聞こえてしょうがない。毎日のように地面を吹き荒らしている砂埃《すなぼこり》の如《ごと》くザラついた感じがしていた。

「ふざけんじゃないわよ。ぶつかって来たのはおまえさんじゃないかえ。謝るのはそっちじゃないか、すっとこどっこい」

ポンと小鼓を叩《たた》いたような声を飛ばしたのは、島田髷《しまだまげ》に黒縮緬《ちりめん》を粋《いき》に着こなした芸者だった。お引きずりのように襟《えり》を大きく抜き、首筋を露わにした艶姿《あですがた》、年は二十歳を二つ三つ過ぎた頃であろうか。きりっと吊《つ》り上がった眉《まゆ》と気丈に結んだ唇《くちびる》が、綸太郎の男心をつるりとくすぐった。

「おっ。江戸にもなかなか粋な姐《ねえ》さんがいるではないか」

神楽坂が繁華な花柳界として栄えるのは明治時代まで下らなければならないが、鎌倉時代から城郭があった土地柄だ。小さな横丁や露地や石畳の坂が幾重にもある中に、茶屋や料理屋が身を潜めている。芸者衆がいても不思議ではなかった。

その芸者の前に肩を怒らせて顔を突きつけているのは、いかにもタチの悪そうなごろつきである。縦縞《たてじま》の山吹の着物にカルタ結びで、流行《はやり》のひしゃげた髷をずらしている。顔はまるでオコゼだ。吹き出物やら痘痕《あばた》のある屈強な遊び人風で、左袖をひょいとめくって、さりげなく蛇か竜の彫り物をチラつかせながら、

「やいやい。人を見て喧嘩《けんか》を売れよ。姐ちゃん。てめえはな、わざとぶつかっといて、俺の大事な茶碗を割りやがったンだ！」

それでも芸者は怯《ひる》む様子はなく、相手から目を離さず睨《にら》み返していた。

「見ろ！　これをよ！」

オコゼは裾《すそ》を捲《まく》り上げて、茶碗を拾おうとしていた綸太郎の側まで来てサッと取り上げると、切れ長の目で振り返り、

「見てみなッ。これはな、そんじょ、そこらにねえ上物なんだ！　てめえらみたいな芸者風情《ふぜい》にゃ一生かかっても目にできねえシロモノなんだよッ。サア、どうしてくれる！」

「なんだい。とどのつまりは強請《ゆすり》かいッ」

と今度は芸者の方が腰を屈めて膝《ひざ》をポンと叩いた。

「神楽坂芸者にこの人ありと言われた桃路《ももじ》姐さんとは私のことだ、エッ。名前くらい聞いた事があるだろ。なきゃ、てめえはモグリだ。この辺りをうろついてた日にゃ、あんたこ

そ首から背骨抜かれて外堀《そとぼり》に浮かぶぜ」

物騒な事を言うなあ、と綸太郎は様子を見ていたが、オコゼの方も凄《すご》むわりには腕力にモノを言わせようとはしない。芸者の迫力に押されたようにも見える。オコゼはほんの短い溜息をつくと、

「聞いて驚くな。これはな、柴田勝家《しばたかついえ》が織田信長《おだのぶなが》から拝領した『柴田井戸《いど》』という名器だ。俺はさる殿様に頼まれて、下屋敷まで届ける所だったんだ。このままじゃ俺の首が飛ぶ。おまえも一緒に来て貰《もら》って、仲良く首を刎《は》ねて貰おうぜ。それが嫌なら、五十両。それで勘弁してやろうじゃねえか。なに、五十両は高いってツラしやがったな、なら半分の二十五両にしてやろうじゃねえか。半分にしたんだ。折半にしてやったンだ。これで文句はあるめえ、姐ちゃん」

「何を戯《ざ》れ言を。ばかばかしい。何が柴田だ、織田だ。おととい来やがれってンだ！」

「なんだと。下手に出りゃ、つけ上がりやがって、このアマ！」

ぐいと力を込めて、オコゼが腕を振り上げたときである。綸太郎がおもむろに二人の間に入って、

「ほんま、すこい奴やなあ」

と、のっそりとした口調で言った。振り上げた遊び人の腕から、調子が狂って茶碗の

欠片《かけら》が落ちそうだった。〃すこい〃とは、悪賢いとか狡《ずる》いという意味だ。〃えげつない〃ほどは悪くないが、都人《みやこびと》なら決して投げられたくない言葉である。

「なんだ、てめえッ。関わりない奴はすっこんでろ」

「関わりはもうありますがな、ほれ」

と残りの欠片を綺麗《きれい》に拾って、桐箱に戻している。

「大体が、大切なものをそんな振り上げたりするかいな。それに聞いてたら、さっきシロモノと言うてはったが、代物とは値打ちのないものの事を言うのでっしゃろ。自分の口からもうバラしてるがな」

「もちもち喋《しゃべ》るな！」

「それに、これは柴田井戸とは程遠いもんどっせ。その名前の通り、柴田井戸というのは井戸形といって、高台《こうだい》が桶底《おけぞこ》の形になって凜《りん》と細くなってるもんや。これは井戸形とは正反対の、碁笥《ごけ》底ちゅうて、底が丸い。うちの先祖の光悦《こうえつ》がよう使うた形や」

碁石を入れる器に似ていることから、高台がない茶碗には、この名称がついている。

「コウエツ？　なんだ、そりゃ。ガタガタ抜かしてると、てめえから熨斗《のし》イカにしちまうぞ、こら」

「おもろい。できるものなら、してみなさい」

と振り上げたままの腕を指して、「その蛇だか、なめくじだかも、彫り物じゃありませんな。安物の顔料か何かで描いただけや。全然、艶《つや》も光もありまへんわ」

図星を指されたのか、憤然となった男はまさに釣り上げられたオコゼのように、口をパクパクさせて、

「な……舐《な》めやがって、やろう！」

と殴りかかったが、ひょいと足を払われた。オコゼはそのままたたらを踏んで、鶏《にわとり》が走るように首を突きだして坂道を駆け出した。そのまま勢いが増して止まらない。

「うわっ……うわあ……！」

雪駄《せった》が飛び、坂の途中の所々にある滑り止めの石段でけつまずいて、激しい勢いでさっきの茶碗と同じ側溝に膝から崩れて突っ込んだ。向こう臑《ずね》をしたたか打ったオコゼは、耳の穴から声が洩《も》れたかと思えるほど、情けない悲鳴をあげた。

「兄さん。どうでも柴田井戸なんぞと言い張るのでしたら、これから私と一緒に、その殿様という人に会いに行きますか？　何処《どこ》の誰です？　ひょっとしたら私の知り合いかもしれしまへん。さあ、何処のお殿様で」

「――う、うるせえッ」

悪態をつきながらも、オコゼは立ち上がるとすぐ逃げようとしたが、ポトリと帯から煙《たば》

草《こ》入れがずり落ちた。

　綸太郎はそれを拾い上げると、上等な鹿の革細工で、案外ズッシリとした重さがあった。煙草入れにはご禁制の象牙《ぞうげ》で作られた七福神の一人、恵比寿《えびす》の笑顔の根付《ねつけ》がつけられていた。

「なかなかエエもん、持ってるやないか。えべっさんが強請とは畏《おそ》れ入った」

「返せ！」

　サッと煙草入れを奪うようにつかむと、そのままひょこたんひょこたんと坂の下へ逃げて、神楽小路の方に折れた。

「これは何処の若旦那様か存じあげませんが、どうもありがとうございました」

　芸者の桃路はそれが癖なのか、首を斜めに傾《かし》げるように礼をすると、大切そうに抱えていた京鹿子《かのこ》の風呂敷包みの結び目のところから、一本の扇子《せんす》を取り出して、

「坂上の喜久茂《きくしげ》という置屋の芸者、桃路です」

　と手渡した。芸者が愛用の扇子を差し出して贈るのは、よほど感謝の念があるからである。

　綸太郎は柘植《つげ》のしっとりとした木触りを感じて、音も立てずにするりと開くと、紙ではなくて絹をあしらってあり、桃路と小さな文字が刺繍《ししゅう》されて、ほんのりと淡い香《こう》の匂いが

広がった。

「こんな結構なものを……」

「とんでもございません。命の恩人ですから」

「命のとは大袈裟《おおげさ》な」

「今日は急いでおりますので、また改めて御礼に立ち寄らせて戴《いただ》きます。お宅は、もしや……」

「ああ、すぐそこの咲花堂、です」

綸太郎が指さすと、暖簾《のれん》も出していない白木《しらき》の格子戸に紅殻《べんがら》塗りの連子窓《れんじまど》の店があった。

いかにも京風の、一見すると小料理屋か割烹《かっぽう》のようだ。紺の木綿暖簾を幟《のぼり》のように広げている辺りの店とは、漂う雰囲気が違っていた。

「ああ、やっぱり……」

と桃路は合点するように頷《うなず》いて、「京の人が骨董の店を出したと聞いてましたが、あなたでしたか。私も何度も通りましたが、なんとなく入りづらくて……」

「そない入りづらいですか？」

「あ、いいえ、変な意味ではありませんよ。では、また改めて参ります」

「へえ、お気遣いなく」

綸太郎が微笑み返すのへ、桃路はこくりともう一度会釈をして、石畳の横丁へ入って行った。その界隈《かいわい》は色街へと続く露地である。

桃路は先程の啖呵《たんか》を切るような鉄火肌とは違って、しとやかで可憐な腰つきで、簪《かんざし》の飾りを揺らしながら遠ざかっていく。下駄の音まで艶《なま》めかしい。

――いやあ、京女もいいが……ちょっとキツい東《あずま》女も、なかなか、ええもんやなあ。

桃路の後ろ姿が次の露地に消えるまで、綸太郎は鼻の下を伸ばして眺めていた。

二

その夜のことである。

二人連れの編笠の侍が、咲花堂の前に立った。

ためらう様子もなく、すっと格子戸を開けて入って来た。羽織袴《はかま》の着こなしから、どこかの立派な大名か旗本の家中に見える。

店内に足を踏み込むと、そこに桜色の暖簾がかかっており、その奥に書画骨董、茶器、刀剣などが品よく並べられてある。片隅の帳場には誰もいない。あかりを落としたばかりで店は薄暗く、微《かす》かな月明かりが射し込んでいた。

「ごめん。誰か、おらぬか」

居丈高に言う侍は、店内に入っても編笠を取らないで、奥に向かって声をかけた。間口二間半の狭い室内である。

「誰かおらぬか」

「はい、只今《ただいま》――」

声あって出て来たのは、小柄な初老の番頭・峰吉《みねきち》であった。鬢や鬢《びん》には白いものが混じっており、いかにも上方商人《かみがたあきんど》風に揉《も》み手で客の前に現れた。

「おまえが主人か」

「いえ、番頭でございます。主人はちょっと夕餉《ゆうげ》に出かけておりまして……男所帯ですので、へえ」

綸太郎のほんわかした上方訛《なまり》に比べて、峰吉は慇懃《いんぎん》無礼なほどの京訛が染みついている。

生まれも育ちも大坂は天満《てんま》で、若い頃に掛屋に丁稚《でっち》として奉公した。その後、転々と店を渡り歩いた後、縁あって、京の咲花堂本店の主人に見込まれて勤めていたのだが、綸太郎が江戸店を出すにあたって、一緒に来た。

その昔、商売のために、三年程、江戸に住んだこともあって、多少の事情も知っているし、何より本店主人の信頼が厚い。綸太郎の目付役としては、うってつけであった。本店の主人とは、すなわち綸太郎の父親で、刀剣目利き師の上条雅泉《がせん》である。

「訊《き》きたいことがあって来たのだが」

「大体のことは分かりますが、私は目利きではございません。鑑定するのなら、主人を呼んで来ましょうか」

峰吉が丁寧に言うと、侍は刀のことではないからそれには及ばぬと制して、

「ここ数日中に、赤味を帯びた茶色の瀬戸天目《せとてんもく》茶碗が持ち込まれなかったか。大きさは丁度、これくらいの……」

と掌《てのひら》で水を掬《すく》うような仕草《しぐさ》をした。

「瀬戸天目、ですか」

峰吉は首を傾げた。まだ店を開けて一月足らずである。はっきり言って儲《もう》けはまだない。むしろ赤字である。

京から運んで来たものや、開業前に江戸の骨董店から買い集めたものはあるが、売り込まれた物はまだ数えるほどしかなかった。

しかも、瀬戸天目のような逸品ならば、峰吉でも覚えているはずである。瀬戸焼は、越《えち》

前《ぜん》、丹波《たんば》、備前《びぜん》、信楽《しがらき》、常滑《とこなめ》と並ぶ、六古窯《ろっこよう》のひとつだ。忘れるはずがない。

「さようか、持ち込まれておらぬか。もし、それらしき物を誰かが売りにくれば、直ちに報せてくれ。褒美《ほうび》はたんまりつかわす」

と簡単に形状を描いた紙を見せた。釉薬《ゆうやく》の掛け方に特徴があり、簾《すだれ》のようになっている。茶褐色で、胴、腰、高台にかけて、しなやかに窄《すぼ》んでいく様は、まさに瀬戸らしさが現れている。

「見つかったら、すぐにでも届けてくれ。我らは……」

名乗りかけたが、連れの編笠が言うなと肘《ひじ》をつついて首を振った。

「神田佐久間町《かんださくま》にある美濃屋《みの》という旅籠《はたご》に届けてくれればよい。よいな。褒美は三百両渡すゆえ、決して人に売らぬように」

念を押してから、編笠侍はお互い頷き合うと、急ぐように立ち去った。

「さ、三百両……」

あまりの高値に、峰吉はからかわれているのだと思った。

咲花堂の噂を聞いて、店の様子を見に来ただけかもしれない。そう感じた峰吉は少し不愉快になったが、

——その器を見つけ出せば、赤字が一挙に消せる。

と思って、頭から離れなかった。

その夜は、いつまで経っても、綸太郎は帰って来なかった。京に住んでいる時は、馴染《なじ》みの芸子がいて、行きつけの茶屋で朝まで遊んでいるということはよくあった。そのまま東山《ひがしやま》の寮まで連れていって、〝食い散らかす〟こともままあった。

番頭の峰吉から見ていると、ろくな修業らしい修業もしないくせに、

「女《おなご》と骨董は一杯眺めて触らんと本物が分からしまへん」

という上条家代々の家訓だけはきっちりと守っている綸太郎が、まさにバカ旦那にしか思えなかった。

血統はよくても糞尿《ふんにょう》の始末もできず、お手もチンチンもしない暴れ犬の世話をしているようなもので、毎日が頭痛の種だった。

明け方になって、トントンと格子戸を叩く音がしたので、帳場でうたた寝をしていた峰吉は慌てて心張り棒を外すと、そこには四十路に差しかかった侍が立っていた。酒をやらない峰吉にはウッとえずいてしまいそうな酒臭さで、転がるように入って来る。

「なんや、若旦那やないんかいな……すんまへん。なんでしょうか、こんな刻限に」

「これ。これを買《こ》うてくれ」

「は？」

「どうしても入り用があってな。頼む」

店に押し入って来るなり、侍は包みから出した箱を開け、茶碗を出して見せた。その茶碗を見るなり、

――これや！

と思った。前夜に訪ねて来た侍たちが探していた瀬戸天目にそっくりである。紙に描かれたものだから、同一物かどうかは分からない。だが、形や大きさ、筋目などが一致する。峰吉ははやる気持ちを抑えながら、平静を装って対応した。

「で、いかほどでお取り引きをお望みですか？」

「できるだけ高い方がいい……ああ、ゲップ……済まぬ、ついさっきまで飲んでいてな。あ、いや、飲み代の支払いに困ってのことではないのだ……どうしても今日、入り用があってな」

「うちは質屋ではありまへんけど」

「買うて欲しいのだ」

峰吉は出来る限り冷静に、その茶碗を見ようとした。ちゃんと箱書きがされており、極め札や折紙もあった。誰彼《だれかれ》が作ったという本物の証である。

「これは我が家に伝わる家宝でな……ああ、後になったが、私は丹波篠山《たんばささやま》藩藩主側役、岡《おか》本謙之進《もとけんのしん》という者だ。丹波篠山、分かるか？　決して怪しい者ではない」

明け方の酔っぱらいは十分怪しいと思ったが、それには触れず、

「さような家宝ならば、売ったりしてよろしいので？」

「いいのだ。幾らくらいになる」

「はい……そうですね……」

仮にも咲花堂の番頭である。刀剣の目利きはともかく、書画骨董を見る目は肥えていると自負している。たしかに瀬戸焼の天目茶碗である。

「戴きまひょ。五十両、で如何《いかが》でっしゃろ」

「ご、五十両……!?」

岡本と名乗った侍は素《す》っ頓狂《とんきょう》な声をあげた。それが不満の声か悦《よろこ》びの声か、峰吉は一瞬には分からなかったが、

「あきまへんか？」

「うむ……そんな値うちがあるのか」

と呟《つぶや》いてから、長い溜息をついた岡本は欲を出したのか、「八十両ではどうだ」

「それは無理です。六十ならなんとか」

「いや、まだまだ。七十五」

「う〜ん、七十両なら、なんとか」

「そこまで言うなら、百両、いや百五十両」

と調子づいて釣り上げて来た。さすがに峰吉は酔っぱらいを相手にいつまでやっても埒《らち》があかないと判断し、

「百両ぴったり。上も下もありまへん」

とキッパリ言った。すると岡本は納得したように頷いて、

「そうか……百両か……こんな茶碗が百両もするのか、ふはは、よかった……本当によかった。私は先祖を敬《うやま》わねばな……ううう」

今度は泣き上戸みたいになって、茶碗を差し出した。百両までなら、番頭の決裁で取り引きができるのだ。誰にも気兼ねすることはない。

――これは三百両の値打ちがあるのだから。

峰吉は手文庫から切餅《きりもち》小判で、百両を手渡すと、岡本はまだおぼつかない足取りで、白みはじめた表通りに出て行った。見送りに出ると、坂上の方へ踏ん張るように登って行き、色街の方へ消えた。

「なんや、とどのつまりは、そういうことかいな」

もっとも自分の物を売った金を、何処でどう使おうが勝手である。峰吉は濡《ぬ》れ手で粟《あわ》になる瀬戸茶碗を抱きしめて、深々と頭を下げていた。

三

翌日の昼、少し前。清楚《せいそ》な若い娘が、咲花堂を訪ねて来た。帳場で算盤《そろばん》を弾《はじ》いていた峰吉が、

「いらっしゃいまし。どうぞ、ゆっくりとご覧になって下さいませ」

と慇懃に頭を下げると、娘は綸太郎に用があるとのことだった。

綸太郎はゆうべ夕餉に出かけたまま、その店で知り合った人たちと飲み歩き、何軒も梯《はし》子《ご》酒をしたようでまだ布団の中だ。帰って来たのは日がすっかり昇ってからのことである。

その事を客に話す訳にもいかず、ちょっと所用で出かけていると言い訳をしようとした途端、

「峰吉や。腹が減ったぞ」

と奥から顔を出した。

「ゆうべ、あれだけ飲み食いして、朝帰りしておきながら、もうお腹が空いたのですか。江戸に来てから、昼夜逆さまで乱れておますな、暮らしぶりが」

「体が健《すこ》やかな証だ、ははは」

豪快に笑った綸太郎の目が、佇《たたず》んでくすりと微笑している娘に留まった。

「なんだ、お客様が来ているのなら、先にそう言うてくれ」

綸太郎が照れ臭そうに頭を掻《か》いて座ると、

「お忘れですか？」

と娘はニコリと黒い瞳を輝かせた。

「え……？」

訝《いぶか》って首を傾げる綸太郎を、峰吉は横目で見ながら、

——ああ、また食い散らかして来たンと違うでしょうな。

と不安な思いが過《よぎ》った。酒は強くないくせに好きだから飲む。誰とでもすぐ親しくなる明るい酒はいいのだが、調子に乗って、知らない女とよろしくやってくることもある。それを覚えているのかいないのか。飄々《ひょうひょう》としているのだが、責任だけはいつも取ると豪語しているのだ。もっとも、そういう事態に陥《おちい》ったことはまだないのだが。

「あの……俺、何かてんご……いや、おいたをしましたかいな？」

本人も自覚しているのか、綸太郎は照れ笑いを洩らしながら、娘に訊《き》いた。屈託なく問いかけるところは鈍いのか、わざとなのか、長年仕えた番頭でも分からない。

「ほんとに覚えが？」

と娘はじっと見つめてから、「きのうは濃い化粧をしてましたから。昼間とはいえ、お座敷に呼ばれてましたから」

「あ、あぁッ」

遊び人に絡まれていた芸者の桃路だったのだ。鉄火肌の雰囲気などまったくなく、化粧っけのない素人娘にしか見えない。

「なんだ、あんたさんか……いやあ、すっかり見違えてしもた……はあ、あの粋な姐さんもいいが、すっぴんもまたええもんですな。酒でいうと、生《き》の良さやな」

京の祇園《ぎおん》では、遊び慣れてる若旦那である。舞子や芸子の素顔と座敷の違いもよく分かっている。

だが、これほどの陰陽の差がある女は珍しい。綸太郎は運命を分かたれた双子の姉妹でも見たような気分になった。

「昨日のお礼と言ってはなんですが、お腹がお空きでしたら、一緒に昼餉はいかがですか？　神楽坂には美味《うま》いもん屋が沢山ありますから、ご紹介致します」

「それは願ったり叶《かな》ったり……是非ご一緒しましょう」

「起きたばかりで、よう食えますな」

「何か言うたか、峰吉」

「あ、いいえ。どうぞ気をつけて」

調子よく桃路と連れだって出て行く綸太郎を、峰吉は呆《あき》れ顔で見送って、

「やはり、私が京からついて来ててよかった。でないと商売どころか、飲み食いや遊びのツケばっかりが残るところや……すぐに鼻の下伸ばして、会ったばかりの芸者にひっかかるんやさかいな。また散財するつもりやろか」

とまるで女房のように溜息をついたが、

「ま、えっか……三百両引くことの、百両は……二百両なり、ふひひ」


『天辰《てんたつ》』という天麩羅《てんぷら》屋は坂の〝左岸〟にあった。神楽坂を川に見立てて、両側に連なる店々を左岸右岸と呼ぶ慣《なら》わしがあった。

元は担《かつ》ぎ屋台だったらしいが、十年程前から、遠来の客が来て並ぶほどの、人気の江戸前の天麩羅屋として繁盛している。二階の座敷の片隅に座った綸太郎と桃路は、傍目《はため》からも、

――ちょっと粋《いき》な二人連れ。

に見えた。綸太郎はその落ち着いた紋様の羽織のいでたち、まったく金に苦労をしていない若旦那で、連れ合いの娘も江戸ッ子らしい明るくキビキビした風情があるからだ。

本当は一階の一枚檜《ひのき》の前で、海老や鯊《はぜ》、茸《きのこ》や山菜など旬の物をひとつひとつ揚げたてで食べるのが美味いのだが、桃路は差し向かいで、酒も少々やりたかったのである。

綸太郎もすっかり二日酔いなど消えてしまって、長らく会ってなかった恋しい人との逢《おう》瀬《せ》を楽しむように語らった。

胡麻《ごま》油の匂いがつんと強い。食欲が湧《わ》いてくる香りだが、京育ちの綸太郎には少し濃厚な気がした。もっともネタの新鮮さは江戸前には適《かな》わない。天麩羅は新鮮な魚介を衣で包んで食べるものだという。

ならば、中身は鮨《すし》で食べられる程の生き生きした方が美味いに決まっている。綸太郎は、次々と運ばれて来る天麩羅を、桃路と二人で黙々と食べた。

「なんで、おいしいものを食べると、顔がほころぶのかなあ」

綸太郎がさりげなく洩らすと、桃路はあっさりと答えた。

「でも、どんなにおいしいものでも、一人で食べたら笑いませんよ」

「そうかな」

「はい。そうです」

きっぱりと言い切るのは、桃路という女の生まれ持っての性格なのか。京女は断言を避けて、はんなりと遠回しに言うのが粋であるから、そういう意味では野暮《やぼ》なのかもしれない。だが、綸太郎はキリリとした桃路の風情が好きになった。

——小股の切れ上がった女とはよく聞くが、こういう女のことを言うのやろな。

と心の中で納得していた。

「あ、そうそう……」

桃路は菖蒲《しょうぶ》の花柄の風呂敷包みを引き寄せて、するりと解《ほど》いた。中には渋い色に変色している木箱があり、きちんと仕覆《しふく》の紐《ひも》が結ばれている。

古いが保存はあまりよくないようである。紐に湿気があるために、下手に扱うと紐の緒が切れてしまうときがある。

綸太郎はそれを見るなり、自ら膝を進めて、そっと〝つかり〟をほぐすように解いた。仕覆を開くと、きちんと中込を詰めている茶碗が静かに収まっている。

まさに鎮座している、というのが相応《ふさわ》しい逸品だった。

南宗龍泉窯《なんそうりゅうせん》の青磁だということは一目で分かった。青みがかった苗色の蓮弁鎬紋《れんべんしのぎもん》は見事で、作り手の品性が伝わって来そうな面立ちであった。

「ほう、これはまた見事な……」

すぐさま土見せという茶碗の底を見てみると、おやと綸太郎は思った。窯の刻銘があるのだが、霞《かす》んでいるような気がする。穴があくほど見つめていると、堅い土で作られたはずの龍泉窯にしては、なよっとした感じがしてならない。

もう一度、全体を見回して、手で触れているうちに、その薄さには微妙に無理があると気づいた。

箱書きも本物のように見えるが、わざとぼやかした墨を使っている。素人目には分からないが、恐らく腕のいい贋作者《がんさく》が作ったのであろう。これだけの真似が出来るのなら、それはそれで価値がある。偽物と承知で持っておくことは悪くはなかろう。しかし、本物と偽って高値を張るなら、それは許せぬ所業である。

「桃路さん。どうして、これを私に？」

「如何でしょう。目の保養になられたかしら」

「桃路さんは、はっきりモノを言う人やさかい、私もはっきり言わせて貰います。これは残念ながら偽物、贋作ですな。もっとも、本物ならば、我々がめったに持てるものでありませんがな」

桃路は一瞬、えっという顔になったが、安堵《あんど》したように微笑んで、

「さすがは、咲花堂さんですね。贋作だと分かりましたか」

「偽物と知って私に？」

「ごめんなさい。騙《だま》そうとか、売りつけようとかそういう訳ではないんです」

と桃路はもう一度、素直に頭を下げた。

「これはね、綸太郎さん。私の祖父が持っていたものです。もちろん贋作と承知で……これで、安心して見て貰えます」

「ん？　どういうことや？」

桃路はもうひとつの茶碗を差し出した。

桐箱に保存されているが、中込もなく、ぞんざいに扱われていた様子だった。だが、その茶器を見た途端、綸太郎は瀬戸天目だとすぐに分かった。鳥肌が立つほどの秀作ではないが、深みのある味わいがある。

「これは、本物だよ……お墨付もある」

お墨付とは、鑑定師が本物であると保証した書き物である。

宗像栄西《むなかたえいさい》という僧侶のような名前の著名な鑑定師であった。もっともお墨付ですら偽物があるし、優れた鑑定師でも真贋を見極められないこともある。

「だが、これは夫婦《めおと》茶碗の片割れのようだな。箱書きにそう書かれてある」

「やはり、そうなのですか？」

　桃路は一瞬、不思議そうな顔をして、

「実は、この茶碗……昨日のお座敷で、ある江戸詰めのお侍様から渡されたのです。お勤めが終えたので、二度と江戸に来ることはないだろうから、受け取って欲しいと」

　桃路は謎《なぞ》めいた瞳を投げかけた。

「あるお侍？」

「呉服問屋の旦那衆のお座敷で、どなたかとご一緒に何度かお会いしたことはあるのですが、それほど親しい訳ではありません」

「どこかの御家中なのか？」

「言っていいのかどうか……でも、綸太郎さんなら、余計な事は人様に言わないだろうし、真贋を見抜くあなたを信頼して言います。丹波篠山藩の岡本謙之進という、偉い方らしいです」

「岡本……」

「はい。この茶碗は岡本様が、何代か前の藩主様から戴いたもので大切にしているものらしいのです。そんな凄いものをなぜか私に……でも、岡本様はいつもと違って悲痛な顔をしてらっしゃった。詳しい話はしませんでしたが、江戸家老様と政事のご意見の違いがあって喧嘩になり、岡本様の方が折れて国元に帰される事になったとか……。いつも酔えば陽気な人なのに、昨日は……」

はしゃいで踊ることもなく、芸者衆と座敷遊びをすることもなく、淡々と杯を重ねていただけだったという。

「別れの杯か？　よほど、桃路さんにご執心だったのだな」

綸太郎が少し妬《や》いたように言うと、はにかんだように目を伏せた桃路は、

「それに……このようなものも今朝《けさ》方、置屋の方へ届けてくれたのです」

と切餅小判を見せた。四つある。

「丁度、百両で、これも好きに使ってくれというので、どういう意味かと岡本様に問い返すと、実はこの茶碗は夫婦茶碗で、私と一緒になる時に二人で使おうと大事にしていたものらしいのです……岡本様から嫁になってくれと何度か頼まれたことがあるのですが、私は客としか思えず、断っていたのです」

「まあ、それは仕方がないだろう。桃路さんなら、引く手あまたって奴だろうしな」

「そんなことありません。なのに家宝の茶碗まで貰って、こんな大金まで……」

ひょっとしたら、何か曰《いわ》くある茶碗ではないか。そう思うと、持っていることが、なんだか心苦しくなって来たので、綸太郎に預かって貰いたいというのだ。

「預かるのは一向に構わないが、その事は先様にも承知して貰《もろ》うた方がええと思う」

「そうですね。後で言っておきます」

「だが、金は預かれない。うちは骨董屋だが、両替商ではないからね」

と切餅小判の封印を何気なく見て驚いた。何処にでもある白帯のものだが、見慣れた押し印がある。『堀川屋』という両替商の封印である。

――この封印の小判を使っているのは、うちくらいだろう。まさか峰吉が……。

綸太郎は嫌な予感がしたが、桃路の手前黙っていた。

茶碗ひとつが、気分を豊かにすることもあれば、重苦しいものにすることもある。時に人の運命さえ変えてしまう。いや、政《まつりごと》や時代さえ狂わせる。

綸太郎は茶碗を預かると、

「いつか茶屋遊びをしに行くからね」

と桃路に約束して天辰の表に出た。待っていたように小雨がぱらついていた。店までは坂を駆け登ればすぐなのだが、茶碗の包みが傷んでしまう。店から番傘を借りて、二人は図らずも相合傘となった。柚《ゆず》のような匂い袋が香り立った時、綸太郎はふと、

――誰かに見られている。

と感じた。が、久しぶりに心ときめいたことの方が自分でも新鮮で、しばしの相合傘を

楽しんだ。

店に戻って、桃路から預かった茶碗を棚の片隅にしまい込むのを見ていた峰吉は、

「またぞろ、高いものを買わされたんとちゃいますやろな」

とイケズそうに口元を歪《ゆが》めて、「店に来た時から、何やら紛《まが》い物を売りつけたろうかと言うような顔してはったし」

「おい。そんなふうに人を見るものじゃない。それこそ人が悪い」

「へえへえ。こんな性悪になったンも、ぜんぶ若旦那のお陰《かげ》です」

「さよか。ほなら、いつでも京に帰ったらええよ。俺は一人で好き勝手に暮らすし」

「帰らないのを分かっとって、そんな事をおっしゃられる。若旦那の悪い癖や……悪い癖ちゅうたら、すぐに人様に頼まれ事をされては、後で自分が困っていなさる。江戸まで来て、そんな訳も分からんことに、首を突っ込みなさいますな」

「別に俺はまだ何もしてない。あの芸者から、しばらく茶碗を預かっただけや」

「茶碗……」

いつもなら茶碗にはあまり関心を示さない峰吉が、どの手のものか、しきりに尋ねてきた。隠し立てをするほどのことではないから、綸太郎はすぐに、瀬戸天目の上物だったと

話すと、

「ええ。ほんまでっか⁉　見せて……見せてくんなはれ！」

と峰吉の声が裏返った。

「いや。預かりものだからな」

「若旦那は中を見たので？　ああ、見たんどすな。見たから瀬戸天目と分かったんでっさかいな」

「何を慌ててるのや」

「あ、いえ……ゆうべ、若旦那が留守中に、あるお武家が来ましてな、瀬戸天目を探してると絵まで見せてくれたんですわ……ひょっとしたら、それかもしれへんと」

綸太郎は仕舞ったばかりの茶碗を出して見せた。すると、峰吉は床が軋《きし》むほど膝を突き鳴らして、

「これは……これも⁉」

武家が見せてくれた絵とほとんど一致すると言う。

「これもって、どういうことや」

と綸太郎が訊いたが、峰吉は曖昧《あいまい》な返事をして誤魔化《ごまか》した。自分の裁量とは言いながら、百両の買い物をしたとはまだ言えなかった。現金にしてから話すつもりである。い

や、それも黙っておくかもしれない。とにかく、店の赤字を帳消しにしたいのだ。

この茶碗は、桃路が、知り合いの丹波篠山藩士から預かったものだ。理由は分からないが、もし、それを別の侍が探し求めていたとなると、

——何か曰くがある。

と勘繰りたくなるのが人情である。

「で、これを探していた武家とは、何処の誰兵衛なんだ？」

「いや、それが……名乗りまへんでした。なんや知られとうないみたいで。でも、茶碗を見つけたら、神田佐久間町の美濃屋という旅籠まで持って来いと」

「素性を明かさないとは妙な塩梅《あんばい》だな……」

「へえ。でも、その茶碗が探してるものだとしたら、偉いこっちゃ」

「む？」

「聞いて驚きなさいますな。その茶碗なら、三百両で引き取る。褒美だとそう言うてはったんですわ」

「三百両!?」

綸太郎は驚くよりもばかばかしくて、首を振った。たしかに上物だが、三百両は余りにも高すぎる。

「これが捜し物とは思えぬな。どう見積もっても二十両であろう」

　とあっさり綸太郎が言うと、峰吉は腰を抜かさんばかりに、

「に、二十両⁉」

「ああ。そんなもんやな。なんで、おまえがそんな悲しい顔してるのや」

「あい、いえ……私が絵で見せられたのは、丁度、こんな色、艶《つや》、形だったし……ほんまに二十両ですか？」

「おいおい。考え違いをしなや。たとえ、これがその茶碗だとしてだ。俺は桃路から預かったんや。その侍に届け出る謂《いわ》れはない。いいな峰吉、変な気を起こすんやないぞ」

「変な気やて、冗談やあらしまへん……」

「おまえは目を離すと時々、信じられないことをするからな」

　明らかに動揺している峰吉を、綸太郎はそう言ってからかうと、

「それは若旦那でっしゃろ。貧乏人から、安物をわざと高う買うてやったり、かと思えば気に入らぬ客やと高級品を二束三文に鑑定したり……そら、あきまへんで。鑑定師の風上にも置けまへんがな」

「一回や二回あったことで、そんなに目くじら立てるな。心の臓が破裂するぞ」

　綸太郎はもう一度、峰吉を牽制《けんせい》してから、大切そうに茶碗を棚の奥に仕舞い込んだ。そ

して棚にはしっかりと鍵《かぎ》をかけて、

「それからな、この女茶碗には、相方の男茶碗があるのや。おまえ、まさか買うたんと違うやろうな」

「私が？　まさか何をおっしゃいますやら。そんな金、どこにありますのや」

平静を装っているが、鼻の穴がひくひくと動いている。

――何か隠してるな。

と綸太郎は気づいたが、相手は親父よりも年老いた番頭だ。子供扱いするわけにはいかなかった。

四

夕方になって、峰吉は用事があると言って、いそいそと店を出て、早朝、茶碗を売りに来た岡本という丹波篠山藩士を探し歩いた。

藩主の側用人というくらいだから、かなり身分の高い人であろう。峰吉は一途、筋違橋《すじかい》にある上屋敷を訪ねたが、

「既に、御役御免になり、国元に帰った」

とのことだった。

中間《ちゅうげん》に金を握らせて聞いた話では、どうやら何か藩主の勘気を被る不祥事をやらかして、丹波篠山に残した妻子のもとに帰るはずだった。だが、国元の妻とも上手くいっていないらしく、上屋敷を出てからは、知り合い宅や木賃宿を泊まり歩いて、この数日は、足繁く神楽坂芸者のもとに通い詰めていたらしい。

「その神楽坂芸者はひょっとして……」

桃路だと知った峰吉は、

──若旦那が預かったのと、自分が買ったのは、やはり夫婦茶碗やったか。

と確信した。

「こりゃ偉いことや……二十両のものを百両で買うたなんてバレたら、何を言われるか分からしまへん」

峰吉はやっとのことで、青山大和町《あおやまやまと》の篠山藩下屋敷詰めの知人宅でぶらぶらしている岡本を見つけて、今朝方に買ったばかりの茶碗を突きつけると、

「岡本様でしたな。これは百両もの値打ちなんぞありまへん。返すよって、お金を戻してくれなはれ」

「そんな金はもうない」

「なんですって。もう使《つこ》うたのですか」

「その通りだ」

「一体、何に……」

「おまえに話さなければならぬ謂れはない」

「でも、百両も騙し取ったじゃないですか」

「騙した？　冗談ではない。おまえがその値ならいいと言うたから売ったまでだ。そもそも茶碗なんぞに値があるのか。仮に二十両の価値のものを百両で買ったとしてだ、それはそっちの落ち度、目利きができなかっただけのことであろう。私は強請たかりの類ではないぞ。ちゃんと話し合ったはずだ」

そう言われては、峰吉は何も言い返せなかった。

——仕方がない……。

峰吉は、その茶碗を後生大事に抱えて、神田佐久間町の旅籠『美濃屋』を探して訪ねた。なんとしても百両は取り戻したい。三百両なら万々歳だが、綸太郎が鑑定して二十両のものが、三百両のはずもなかった。

旅籠に入った時、丁度、宿の主人がどこかへ出かけるところだった。

「あの……」

峰吉が情けない声を出すと、どことなく横柄な感じのデブ主人は、

「なんでしょうか、また茶碗のことですかな」

と投げやりな目を向けた。

あの編笠の侍たちのせいで、恐らく何人もの人が似たような茶碗を届けて来たのであろう。案の定、玄関脇の土間にはそれらしき箱が積まれてあった。

「へえ。私は神楽坂咲花堂の番頭で峰吉という者です。お察しのとおり、お探しの茶碗を持って馳《は》せ参じました」

「咲花堂……」

主人は名前くらいは知っていた様子で、上がり框《かまち》に座ると、

「見せて下さいまし」

と少し丁寧な口調になって、峰吉が手渡した茶碗を箱を開けて出すと、翳《かざ》したり下に置いたりしながら、あれこれと見ていた。

不思議なのは茶碗よりも、箱や極め札などの方をより丁寧に見ていたことだ。素人がよくやる仕草である。自分の目よりも、添付されたお墨付の方を信じているからだ。

主人はしばらく眺めてから、

「預からせて貰います」

「あの……三百両は……」

「ですから、その値打ちのあるものかどうか、探しているものかどうか。こちらで、しかるべき所で調べてから、きちんとお返事致します。神楽坂の咲花堂さんでしたな」

「はい……」

二十両の茶器は高価である。しかし、三百両のものとしては、安物と承知で届けたことに、峰吉は忸怩《じくじ》たるものを感じていた。下手をすれば、咲花堂の沽券《こけん》に関わるからである。

しかし自分が撒《ま》いた種だ。主人の雅泉は厳しい人だ。なんとか刈り取らねば、隠居を前にして店を辞めさせられるかもしれない。峰吉はそう考えると涙が出そうだった。自分がこんな気弱な人間だとは思ってもみなかった。

「これは、どなたから仕入れたものです？」

主人の問いかけに、ハッと我に返った峰吉は素直に、

「はい。丹波篠山藩士の岡本……なんとか様からです」

丹波篠山藩という言葉に、ピクリと主人のこめかみが動いたような気がした。峰吉はその真剣なまなざしを見ながら、

「実は、その方……だと思うのですが、お渡ししたのとは夫婦になる茶碗を、うちの若旦

那が、ある方から預かっております」

「夫婦茶碗⁉」

そのことの方に主人は激しく反応した。そして、前のめりになるほど峰吉に近づいて、

「それも持って来て下さいますか？」

「あ、いえ……ですから、それは若旦那の物でも店の物でもなく、預かり物なので」

「そうですか……」

実に無念そうな顔になる主人に、

「あ、でも、それは若旦那の見立てでも、大した茶碗ではありません。せいぜい二十両くらいのものだとか」

と言ってから、峰吉はあっと口をつぐんだ。夫婦茶碗なら、片方がその十数倍の値がするはずはない。自らバラしてしまったことに、またまた自己嫌悪に陥《おちい》るのであった。

「どうしても、ご覧になりたいのでしたら、なんとか話をつけてみますが」

「それには及びません……」

そう言いながら、峰吉が渡した瀬戸天目を主人はもう一度、眺めてから、

「では、二、三日、預からせて下さい」

と丁寧な口調で言って、預かり証文をさらりと書いた。峰吉が受け取ろうとすると、

「さるお武家様の押印も要るので、後程手代に届けさせます」

と主人は半ば強引に証文を引っ込めた。

五

翌朝、店の中が荒らされているのに気づいた峰吉は、腰を抜かしそうになった。幾つかの掛け軸、茶道具、古裂《こぎれ》漆器、陶磁器などが盗まれていたのだ。

「わ、若旦那……!」

素《す》っ頓狂《とんきょう》な声に店に出て来た綸太郎も、驚かざるを得なかった。表の格子戸は上下の留め杭《くい》で閉めるようになっており、中にはもうひとつハメ戸があり、二重にしてある。

奥の住まいは両隣との間には猫が通る隙間《すきま》もないほど接近しており、泥棒避《よ》けのために茨《いばら》を植えてある。

そこは六畳二間があるきりで、二階も八畳と六畳、そして干し台があるが、出入り口はひとつ。そこも頑丈に心張りをしているから、安心していたのだが、表戸から堂々と入られるとは思わなかった。

しかも、幾ら夜中とはいえ、まったく住人に気づかれず手早く事を行ったとすれば、かなりの腕の泥棒の仕業である。

「関東は泥棒が多いと聞いてたけど、まさか自分がやられるとはな……ま、でも、命まで取られずによかったではないか」

綸太郎は不幸中の幸いだと自らを納得させたが、治まらないのは峰吉の方で、すぐさま坂下の自身番に被害を訴え出た。

さらに、峰吉は盗まれた骨董の値を弾き出して、卒倒しそうになったが、

「元は値のないものや。そないに悲嘆することもないやろ」

などと綸太郎が暢気《のんき》なことを言うので、

「何をのほほんと……！　まだ大した商売も出来てない上に、こんだけ盗まれたら、店をたたまなあきまへんで」

と峰吉は苛々《いらいら》と落ち着きなく文句を言う。

だが、綸太郎も他人事《ひとごと》のように笑っておられず、凝然となった。棚の鍵も壊されて、桃路から預かったばかりの瀬戸天目が、箱ごとなくなっているのだ。他の茶器も数点なくなっている。

「しまった。まさか、ここまで破るとは……これでは桃路さんに申し訳が立たない」

「そ、そんな事より、さ、三百両が！」

峰吉がさらに腰を抜かしそうになった時、ぶらりと町方同心が入って来た。

「これは北町の旦那……」

と峰吉はふらついた腰で立ち上がり、丁寧に挨拶をした。店を出した時に、挨拶に行った眉毛の濃い、どことなく人を食ったような顔のガッチリとした同心である。

北町奉行所、定町廻り同心・内海弦三郎《うつみげんざぶろう》は三十過ぎの中堅どころで、綸太郎より三つ四つだけ年上なのだが、捕り物で苦労を重ねて来たのか、老練な渋みが滲《にじ》み出ていた。

「盗人が入ったンだって？」

「へえ……ご覧の通り。手に出来るものは、綺麗に持っていかれました」

散らかった様子はない。強力《ごうりき》なやり方ではなく、巧みな忍び込み方と盗み技を持っている輩《やから》のようだ。

盗まれた骨董品の数は十数点だが、いずれも小ぶりで重さもない物ばかりの急ぎ働きである。恐らく盗人は一人であろうと同心の内海は想像した。

「店ができたばかりで、盗み易いと泥棒に思われたのであろうな。あるいは前々から目をつけられていたのかもしれぬな」

と言いながら、荒らされた店内を隈《くま》無く見回していた。

内海は町方中間や岡っ引は連れていない。単身で動くのが習癖であるらしい。その分、険しい目つきを常に投げかけていて、まさに人を見れば泥棒と思え、という態度である。

「これは……？」

内海が格子戸と内扉の間に落ちていた根付《ねつけ》を拾い上げた。根付は財布や印籠《いんろう》を帯に挟むときの留め具で、干支《えと》の七福神の恵比寿を象《かたど》っていた。差し出されたものを見て、綸太郎は自分の物でも商品でもないと一目で認めると同時に、

「あっ！　あのオコゼ！」

と思い出した。桃路に二束三文の茶碗で因縁をつけていた遊び人風である。たしか、革細工の煙草入れを帯に挟んでいたのを落としたが、そのときの根付が、この恵比寿だった。

「心当たりでもあるのか？」

内海が覗《のぞ》き込むように尋ねるのへ、綸太郎は桃路の一件を話した。そして、桃路から預かった瀬戸天目も奪われていたことを付け加え、その茶碗をある武家があちこちの骨董屋で探し歩いていることも語った。

「妙なところで繋《つな》がりがあったものだな……」

と内海は、しばらく十手を弄《もてあそ》んでいたが、ポンと手を打って、「探しているのは、ひょっとしてこの茶碗か？　自身番にも持って来た侍がいるらしい」

内海が懐から一枚の紙を差し出した。上等な程村紙《ほどむらがみ》で、幾重に折ってあっても、描かれた絵が崩れないものだった。峰吉はそれを傍《かたわ》らから見て、

「そうです、この茶碗です！」

と興奮気味に頷いた。綸太郎もそのとおりだと、まじまじと見入った。

「ほら、若旦那。やっぱり、私が言うたとおりでっしゃろ。さっさと旅籠に届け出とれば、ご褒美がたんまり貰えたかもしれへんのに」

と峰吉は自分がやっていることを誤魔化すために、わざとそんなことを言った。

「欲どしい顔をするな、峰吉。あれは人様の物やないかッ」

さすがに綸太郎は険しい口調になって、峰吉の言い草を諫《いさ》めた。

この茶碗には何か曰くがあると内海も察知したようで、茶碗を描いた紙をひらひらとさせながら、

「ひょっとしたら……これが目的だったのやもしれぬな。それを祭っせられぬために、他の物も一緒に盗んだ」

「そんなバカな。うちの店のものだけでも、五百両は下りませんよ」

と峰吉はおろおろとしたが、綸太郎はとにかく、茶碗を預けた桃路に謝り、その上で桃路に託したという岡本謙之進という丹波篠山藩士に事情を話すべきだと思った。

「咲花堂さんよ。お宅はまだ、骨董店の問屋仲間には入ってねえようだが、それはマズかったな」

内海は綸太郎の失策を責めるような口ぶりになった。

〝講〟と呼ばれる仲間に入っておれば、万が一の損害には補償金が払われることもあるし、他の店に被害物が持ち込まれた場合には、すぐさま連絡が取れるようになっている。骨董には贋作や盗品が付きものだから、闇の市場で捌《さば》かれることも多い。ふつうの生活必需品と違って、怪しく胡散《うさん》臭い面もあるからこそ、骨董屋同士が安全な取り引きを行えるように、お互い交流をもって目を光らせているのである。

「はい。それは私も心配していました。でも、まだ店を開いて一月足らずですから」

綸太郎が言い訳じみて言うと、内海はより一層、語気を強めた。

「甘いンじゃねえか？　こんな事は言いたかねえが、咲花堂といや江戸まで聞こえる、刀剣の目利きじゃ由緒ある老舗《しにせ》だ。俺が持ってるようなナマクラ刀には用はねえが、〝目利き千両〟というくらい、あんたの……いや、あんたの親父さんの目は凄いらしいじゃねえか。お墨付を付けただけで、刀の値が何倍、いや何十倍にも跳《は》ね上がる」

「はい。お陰さんで……」

「皮肉を言ってンだ。そういう、お偉い鑑定師の店にしちゃ守りが甘いってンだよ。それに、江戸ッ子は京と違って、悠長に骨董を眺めて楽しむ御仁はいねえよ」

「そんな事はあらしまへん。別に骨董だから高いとか、町人の手の届かないものとか、そんなものばかりではありませんよ。骨董を楽しむことは、ただの物集めとは違います。人と人の出逢い、人生を楽しむことに他なりません。好きなもんを手に取って、日々の暮らしの中で使うてこそ値打ちがあるんです」

「講釈なんぞ聞きに来たンじゃねえ」

突き放すように内海は言うと、「どうも、あんたとは気が合わぬようだ。骨董でいうと、悪い出逢いとでも言おうか」

と言った。

綸太郎は別に内海の悪口を気にする様子もなく、

「とにかく、泥棒を捕まえて下さい。私も心当たりを探しますから」

心当たりとは、恵比寿の根付の持ち主である。桃路のことを知らないということは、この辺りの住人ではないのかもしれないが、逆恨みで盗みに入ったのかもしれない。とっ捕まえて、正直に喋らせようと綸太郎は決意していた。

見た目はおっとりしているが、案外、気短で暴れん坊なのである。

そのことを峰吉はよく知っている。だからこそ、京本店の父親から命じられて、番頭として目付役で来ているのである。

——おいおい本性を顕わすやろう。

と峰吉は心底、心配していた。

そんな若旦那だとは、内海はまだ知らない。どうせ、乳母日傘《おんばひがさ》で育った苦労知らずのボンボンとしか思っていない。

綸太郎は、桃路に詫《わ》び方々、内海を連れて行って会わせた。てっきり桃路に伝法な口調で叱《しか》られると思っていたが、意外なことに、

「それでよかったのかも……」

と桃路は言った。

「どういうことでえ、桃路」

内海は桃路とは顔見知りらしく、気安げに声をかけた。

だが、桃路の方はさほど八丁堀《はっちょうぼり》の旦那のことを好ましく思っていないようで、ツンと澄《す》ました顔のままで、

「なにね、私だって岡本謙之進というお侍とは、四、五回、お座敷を共にしただけで、親しい間柄って訳じゃありません。あんな茶碗を戴いただけで、なんだか嫌な予感がしてた

んですよ」

「どうして、そう？」

訝しげに内海が訊いた。桃路のうなじから頰《ほお》、唇を舐めるようないやらしい目つきだった。

「どうしてって……そもそも家宝を渡すこと自体がおかしなことじゃないですか」

百両のことは話さなかった。

「だがお前はそれを、咲花堂に預けた。ひょっとして、誰かに狙《ねら》われるのを知ってたんじゃないのか？　だから、この若旦那に委《ゆだ》ねた。違うかい？」

桃路は何とも答えないで、

「綸太郎さん……かえって、迷惑をかけちまったねえ」

と桃路の方が申し訳なさそうに、ぷっくらとした唇を歪めた。

「いずれにせよ桃路。ちょいと自身番まで来て話を聞かせて貰うぜ。なに、座敷には間に合うように都合はつけてやるよ」

桃路と関わりになるだけで嬉しい。そんな下心を持っていそうだった。

六

岡本謙之進の死体が上がったのは、その翌朝のことだった。

神楽坂に並行して、軽子《かるこ》坂がある。神田川の神楽河岸から、軽籠《かるこ》というもっこで荷を揚げていた所だ。その船着場で土左衛門で浮いているのを、人足が見つけたのである。

すぐさま報せを受けた内海が駆けつけて検分すると、物盗りの類でないことは一目瞭《りよう》然《ぜん》だった。まるで恨《うら》みを晴らすかのように、数ヶ所にわたって刀で斬《き》られていたのである。

「酷《ひで》え事をしゃあがるぜ、まったく」

内海は十手で傷口を改めて、町方中間らに捕物帖に記させながら検死を続けていると、ぶらりと来た綸太郎が横合いから口を出した。

「ほんまや。人間業とは思えないな……でも内海の旦那、斬った相手は、かなりの身分のお武家で、しかも腕の立つ人ですよ」

「なんだと？」

内海が疑念の目を向けるのへ、綸太郎は端整な顔を崩さずに、まるで検死をする医師のように淡々と続けた。

「腕や顔、肩の傷は敵と争った時についたものでしょうが、相手の刀の切っ先だけ刃引きをしてますな。こうしてると鞘《さや》を傷めないから、ふだんから居合の鍛錬をしてる侍の仕業でしょうね」

「………」

「襲った侍が使った刀は銘刀で、恐らく東山義平あたりではないでしょうか。山城《やましろ》伝と相《そう》州《しゅう》伝を合わせるのが特質の名工で、ほら、袈裟懸けのこの一刀は、京焼出の直刃《すぐは》で峰にかけて幅が広くなっているから、こういう鉈《なた》で割ったような傷になりやすいんです。地肌も強《こわ》くて荒いもの……詳しく見れば刃文《はもん》も分かるかもしれません。おそらく片矢乱《かたやみだれ》という、ふつうとは逆の文だと思いますが」

「そんなことまで分かるのか？」

不思議そうに内海があんぐりと口を開けているのへ、綸太郎は岡本の刀を指し示した。鍔《つば》が歪んで、刀身がズレているのを見せて、

「目釘《めくぎ》が折れてます。竹を使っており、柄《つか》は竹の皮で丈夫なのですが、自然に枯れたものを使わないと破損し易い。岡本さんは相手の刀の腕前というよりも、刀の丈夫さに負けたんですね」

「たしかに、刃の根元から引き斬られたような痕跡に見えるが……そこまで分かるとは、こっちの方も目利きなのか？」

内海は皮肉っぽく言ったのだが、綸太郎は素直に受け取って、

「全国を歩いているうちに、試し斬りなども見て来ましたからね……少なくとも古刀ではないはず。しかも、堀川一門や三品《みしな》の流れではない。岡本さんの身辺で、理忠《りちゅう》の流れを汲《く》む銘刀を持つ者から当たってみれば如何でしょうかね」

「もし、そういう立派な侍がやったとすれば……町方としちゃ、ちょいと面倒な事になったな」

「でも町場で起こった殺しでしょ？　しかも、この人が持っていた茶碗絡《がら》みかもしれないじゃないですか。これには何か深い訳があるに違いありませんよ」

「何かって、何だ」

「それは私にも分かりません。でも、岡本さんが桃路に茶碗を渡した。その茶碗が盗まれた。そして、岡本さんが殺された……何処かで一本に繋がっているような気がします」

「そうとも限らぬがな」

と内海は嫌味な視線を流して、「物事は色々な複雑なものが絡まって、意外な関わりがたまさか重なって出来るものだ。絵双紙や昔話みてえに、一本筋が通ってるものなんざ、

世の中にはないんだよ。殊《こと》に殺しという凶悪で忌々《いまいま》しい罪にはな」

「そんなものですか」

「ああ、そんなもんだ。だから素人が余計な口を挟むンじゃねえ。生兵法は大怪我《おおけが》の元というからな。せいぜい気をつけな」

縄張りは渡さないと威嚇でもするように、綸太郎を押しやると、内海は検死を続けた。

番太が戸板に乗せた岡本の亡骸を自身番に運び込むと、駆けつけて来た養生所の医師が詳細に検分したようだった。


岡本の死を知った桃路は、得も言われぬ不安に駆られたようだった。

「なんだか分からないけど、気味が悪いったらありゃしない。綸太郎さん、何かあったら私を守って下さいね」

不吉なことを言うなと諭《さと》したものの、綸太郎は見えない影が蠢《うごめ》いている気がしてならなかった。直感としか言いようがない。京の咲花堂でも、色々と多種多様な事件に巻き込まれていた。

骨董品には、思いがけぬ人の恨みや無念がこびりついているものである。ましてや刀剣にまつわることで、綸太郎の父親である上条雅泉も、幾度となく危ない目に巻き込まれて

いるのである。命も落としかけたことがあるが、

「危ない目にあうほど、目利きとして世間様に認められたちゅうことやないか」

と平気でいるのが常の雅泉だった。

本阿弥光悦の傍流であることから、徳川一門とのいざこざに巻き込まれたこともある。

それほどに、たったひとつの物品が人の心の有り様を左右するものなのだ。

だが、いかに世の中にただ一つの重宝な骨董であろうとも、

――たかが茶碗ひとつと……。

人の命が比べられることがあってはならない。ましてや、茶碗を奪い合うがために殺し合うなどとは以《もっ》ての外だ。

綸太郎は盗みに入って来たのが、恵比寿の根付の持ち主だと確信していた。

あの遊び人風の若い衆である。その行方《ゆくえ》を探していたが、番頭の峰吉が骨董屋仲間から、

――妙な若い男が、珍重な壺、茶碗、香炉などを持ち込んだ。

という報せを受けた。

まさに天網恢々疎《てんもうかいかいそ》にして漏らさずだ。

骨董屋仲間というよりも、江戸店を出す時に世話になった、江戸で一、二の茶器商人

『日本橋利休庵《にほんばしりきゅうあん》』の主人清右衛門《せいえもん》からの伝聞だった。

清右衛門も元々は咲花堂本店で修業をした男である。骨董のみならず、政にも目端の利く男で、幕府旗本や諸藩の江戸家老、さらには豪商と繋がりを深めて、商売を広げていったのである。

綸太郎の父親の雅泉とはあまり馬が合わなかったが、番頭峰吉とはどこか似たような価値観があった。峰吉も本音では、利休庵から誘いがあるのを待っているのかもしれぬ。

とまれ、峰吉が知った内容は、まさしく神楽坂咲花堂から盗まれた逸品が、とある仲買人を通して持ち込まれたというのだ。仲買人といっても、今でいうならブローカーのようなもので、骨董品とそれに相応しい人間を結びつけることによって金銭を得ている、実に怪しい存在だった。

もっとも、そういう裏稼業のような者たちがいるお陰で、玉石混淆《ぎょくせきこんこう》の骨董品が選りすぐられるという利点もある。

叶屋五郎助《かのうやごろすけ》という還暦に近いその仲買人は、江戸の骨董屋の間ではちょっと知られた男だった。

——贓物《ぞうぶつ》も扱う。

こともあったからである。

優れた骨董屋仲間の間では、贓物を扱うのは御法度《ごはっと》である。もちろん幕法でも禁止されているが、仲間内ではそれ以上の厳しい掟《おきて》があった。下手をすれば闇《やみ》に葬られる。真贋を見分けるのが難しい世界だけに、扱う心は常に〝誠意〟がなければならない。それをないがしろにする輩は、万死に値するのだ。

京にも〝どろぼう寺〟と呼ばれる寺があって、実に怪しげな物を扱う寺がある。盗んだ物もあれば贋作もある。だが、本道を歩んで来た目利きは相手にしていない。

ところが、江戸には魔物が住んでいるのであろうか、五郎助のような男が重宝されているようだ。

早速、日本橋利休庵を訪ねた綸太郎は、数点の茶器や壺を見て、まさに自分の店から盗まれたものだと申し出た。

ただ、こうした盗品が盗まれた場合、只《ただ》で返して貰う訳にはいかない。相手が多額の金で買っていたなら尚更だ。ゆえに、中には仲買人と結託して、買い戻す金を狙って、公開することが時にある。

しかし、今回は実際の値打ちの十分の一にも満たない値で取り引きされていた。それに、昔世話になった咲花堂の若旦那となれば恩義もあるようで、

「他の店に回らなくてよかった。綸太郎さん。江戸は生き馬の目を抜く所とはよく言った

ものでございましょう？　盗賊や掏摸《すり》の類が多いのも事実。江戸で商いするには、それこそ褌《ふんどし》を締め直して取り組まないと、大怪我を致しますよ」

利休庵清右衛門は、老婆心ながらお教えしておきますと慇懃に言った。綸太郎は感謝の言葉を返したが、

——相変わらず、胡散《うさん》臭いな。

と感じていた。

盗まれたものは返って来たが、肝心な物がなかった。桃路が岡本から貰った瀬戸天目である。清右衛門の話では、それは持ち込まれていないとのことだが、既に転売したのかもしれないと疑いの思いが過《よぎ》った。父親から、「清右衛門は〝きっちり〟した奴や」と何度か聞かされた記憶があるからである。

もっとも今回に限って、それはない、と綸太郎は信じていた。咲花堂にも訪ねて来た編笠のどこぞの家中の者が、探し回っていたものであるゆえ、すぐに足がつくに違いないからである。

「ところで清右衛門……これらを持ち込んだ仲買人を紹介してくれんか」

「はい。それは結構ですが……」

清右衛門はあまり乗り気ではなかった。自分の裏の顔を知られるのを避けたかったのだ

ろう。

しかも殺しが絡んでいる節もある。下手に隠しだてすると、後で面倒になるかもしれないと思ったのであろう。清右衛門は渋々だが承知した。


仲買人・叶屋五郎助の屋敷は、亀戸天神《かめいどてんじん》に程近い横十間川から、ほんの少し奥まった所にあった。瀟洒《しょうしゃ》で贅沢《ぜいたく》な作りである。大店の寮のような風情で、現れた五郎助は背丈は高くないが、漁師のように日焼けをした屈強な体つきだった。庭の手入れでもしていたのか、太い指は土くれていた。

「ほう。あんたが咲花堂の若旦那かね」

と人を値踏みするようなまなざしで、鋭い光を放っていた。綸太郎は思わず身構えそうになった。が、相手は己の鏡だ。自分も目利きの顔をしていたのかもしれぬと、思わず頬を崩そうとしたが、どうしてもできない。

「率直に訊きたい。瀬戸天目の行方《ゆくえ》を知りたいのだがね」

「瀬戸天目？」

「知らないとは言わせないよ。叶屋さん、あんたに持ち込むほどの奴だ。その若い遊び人とは、顔見知りなんでしょう？　この持ち主なんだ」

と恵比寿の根付を見せた。それを見た五郎助は一瞬だけ目が泳いだが、

「さあな。それは知ってても言えねえ。それが俺たちの掟、だ」

「そうですか。だったら私も私のやり方で、筋を通させて貰いますよ」

綸太郎は不愉快な気持ちを露わにして、「私も伊達《だて》や酔狂で咲花堂の暖簾を出してるわけじゃないんです。その暖簾に恥じぬよう、きばりたいと思います」

「どういう意味だ」

「別に意味はございません。ただ、きばりとうなったんです……一生懸命頑張るということです」

咲花堂で代々続く言葉である。〝きばりまっせ〟の裏には、売られた喧嘩は買うぞ、という思いがあるのだ。そして、そのためにはあらゆる手段を尽くすという意味合いがある。

五郎助も骨董の世界で生きている人間である。京の咲花堂が、将軍家、公家、諸大名、京大坂の豪商などと太い絆があることは、百も承知である。ただの骨董屋ではないと熟知している。

「……脅してるつもりか」

「まさか……」

もとより綸太郎は、自分の背負っている権威を笠に着るつもりはない。

「ただひとつだけ言わせて貰いましょうか。あなたは骨董品を、右から左へ移すモノとしてしか見ておりませんが、私は一期一会の出逢った人と同じと思うてます。そやから、預かった茶碗のことが気になるのです」

「さすが、雅な京のお人だ。恥ずかしげもなく綺麗事を言うもんだ」

「では、また、いずれ」

綸太郎は丁寧に頭を下げると、暮れなずむ江戸の深川の賑《にぎ》わいの中に消えた。

七

案の定、綸太郎を尾行する者がいた。

実は、叶屋を訪ねる前から、編笠侍が付かず離れず、綸太郎の様子を窺《うかが》っていたのだ。日本橋の利休庵を出た時から、ずっと視線を感じていた。浪人らしい袴をはいてはいるが、先日、咲花堂を訪ねて来たという武家の一人であることは間違いなさそうだった。

腰の刀を見たが、鞘袋をしているため、遠目には岡本を斬ったものかどうか判断つきかねた。いずれにせよ、

――やはり、あの瀬戸天目茶碗には何か曰くがあるようだな……俺が探し出したところを奪い取る気に違いあるまい。

そう思った。だが、綸太郎自身、何処をどう探せばよいか見当がつかぬのだ。手掛かりは一つ。恵比寿の根付である。

綸太郎は、オコゼが桃路に絡んだ時に使った紛い物の〝柴田井戸〟は、叶屋五郎助から手に入れたものだと踏んでいた。贋作を利用して、強請騙りをしていたのであろう。つまりは、五郎助とオコゼはつるんでいるかもしれない。そう考えると、どうでも、あの遊び人のオコゼを捕まえずにはいられなかった。

まだ江戸の町は、綸太郎には不案内である。京とは違って、縦横無尽に走っている掘割は、涼やかな風情をもたらしていた。そこかしこの水面《みなも》を滑る小舟の櫓《ろ》の音が江戸の音なのかと、綸太郎は感じていた。

神楽坂の店に戻った時、編笠の気配は消えていた。無駄だと踏んで帰ったのか、それとも、他の誰かに張らせているのか。

綸太郎は峰吉を呼んで、叶屋五郎助という仲買人の動きを調べるよう命じた。

「え、今からですか？」

「三百両がかかっているかもしれへんぞ」

「あの茶碗を……!?」

「持っている奴と必ずどこかで接するに違いない。持ち主の岡本さんは殺されたんや。それほど誰かが欲しがったわけだ。事と次第では、もっと金になるかもしれん」

「なるほど、さようでございますな！」

現金な男である。弱りはじめた足腰に鞭《むち》を打ちながら、峰吉は五郎助の動向を探ろうと思いはじめていた。

岡っ引の真似事はいやだが、金儲けのためなら身を粉《こ》にして働くつもりのようである。

その出鼻を挫《くじ》くように、北町同心の内海弦三郎が鋭い目を投げかけて、咲花堂の格子戸を覗き込んできた。

気づいた綸太郎がつっかけを履《は》いて表に出て声をかけると、

「番頭を逃がすつもりかい」

と唐突な返事が戻ってきた。

「逃がす？」

「番頭に、殺しの疑いがある。ちょいと大番屋まで来て貰おうか」

「大番屋!?」

調べ番屋とも呼ばれる大番屋は、予審の与力が取り調べる所で、留置する牢屋《ろうや》もあった。自身番は町人を守ってくれる役目があったが、大番屋は裁く所という印象が強かった。江戸市中に八ヶ所あったが、峰吉が引っ張って行かれたのは四谷《よつや》の大番屋で、腰縄まで結ばれて、まさに罪人扱いだった。

同行した綸太郎は、捕らえられた訳を何度も訊いたが、内海は頑として答えない。与力立ち合いの上で取り調べるまでは、余計な話はできないのだと言う。

与力はいかにも能吏《のうり》という顔つきで、厳しく襟《えり》を正している態度の役人だった。その与力が見守る中で、内海は口を開いた。

「殺された丹波篠山藩士、岡本謙之進殿と峰吉が、売った茶碗の値のことで言い争っているのは、何人もの人間が見ているのだ。だが、岡本殿は、おまえから受け取った百両を返そうとしなかった。だから後になって、おまえは岡本殿を恨んで殺した。そうではないのか」

いつもの伝法な感じではなく、町方役人らしい厳しい口調の内海に、峰吉はすっかり萎《い》縮《しゆく》していた。

参考人として、大番屋の吟味所の末席で見ていた綸太郎は、

「ど……どういうことだ!?」

と思わず身を乗り出した。番人に制された綸太郎は腰を下ろしたが、峰吉が疑われたこ

とがどうにも納得できなかった。だが、峰吉は、よほど内海の顔が怖かったのか、ひいひいと泣きながら、

「すんまへん……すんまへん……」

と何度も頭を下げるので、もしや本当に殺したのかと脳裡《のうり》を過ったが、綸太郎は必死に訴えた。

「待って下さいまし。あの斬り様は、峰吉にできるような刀傷ではありません。どうか、殺された岡本様の身辺を……」

「分かっておる。黙ってろ」

内海は射るような目を投げかけてから、峰吉を振り返った。

「おまえは瀬戸天目茶碗を、百両で岡本から買ったな」

綸太郎の勘は当たっていた。やはり峰吉は、利鞘を得ようと思って、一人で判断して買っていたのだ。

「は、はい。買いました」

素直に答える峰吉に、内海が追究を続けた。

「それを神田佐久間町にある旅籠に届けたのだな」

「はい。二、三日預かると言われました」

「だが、さようなものは知らぬと、旅籠の主人は申しておる」

「そ、そんなバカな。私はたしかに！」

峰吉は狼狽《ろうばい》したが、内海は意外にも落ち着いた顔で、宥《なだ》めるように肩に優しく触れ、

「おまえを責めているのではない。責めを受けるは、美濃屋という旅籠の主人の方だ。色々な所から、集められた瀬戸天目に似た茶碗を二束三文で買い取るか、突っ返すかしているのだからな」

「そ、そうなので？」

「だが、おまえが持ち込んだのだけは知らぬ、と言うておる……妙な話よのう」

「そんな！　預かり証も……」

と言いかけたが、預かり証文を後で届けられることになっていたままだ。初めて騙されたと峰吉は気づいた。

内海は恫喝《どうかつ》するように睨《にら》んでいたが、

「こっちも探索が行き詰まっておるのだ。おまえが知っている事のすべてを話せば、片づくのだがな」

「そんな私は何も……」

もう一度、内海は唸《うな》るような声を洩らして、峰吉を拷問でもするような勢いで、

「知らぬとは言わさぬ。おまえはその茶碗が儲かると知っておるから、百両もの大金で買ったはずだ。一体、何があるのだ」

「いえ、本当に私は何も……」

「言え！　正直に話さねば、石を抱かせてもよいのだぞッ。おまえは百両を出してまで茶碗を買った。その訳はなんだ！　岡本という侍を殺したのも、茶碗の秘密を隠すためであろう！」

　さすがに綸太郎も痺《しび》れを切らして立ち上がった。

「待って下さいまし、旦那方。まるで峰吉が裏で操ってるような言い草ではないですか」

「天下に聞こえる咲花堂の番頭だ。一筋縄でいかぬことくらい承知しておる」

　と内海は皮肉な顔を見せた。

「それは買い被りでございます。この峰吉は、ただの、こすっからしい番頭で、侍を使って何か悪さをしたり、殺しができるような度胸のあるような玉ではございません。せいぜいが、店の金でこっそり買うた壺《こ》を転売して小銭を稼ぐくらいの、小心者です」

「な、なにもそんな言い方せんでも……」

　今度は、峰吉が不満げな顔を向けるが、綸太郎は真面目な態度で続けた。

「ほんまです。こんなドン臭い番頭はおりまへん。正味な話、茶碗を見る目もなかったんですからな」

「いや、だが、こやつは……」

それでも強引に何か言いかけるのを遮って、綸太郎は語気を強めた。

「内海様。ダンさんは、案外、賢いちゅうことが分かりました」

「なんだと。からかっておるのか」

「ほんまです。茶碗は儲かると分かってるから云々《うんぬん》とおっしゃった。そこですな」

「…………」

「編笠の侍は、その茶碗が儲かると知ってるから、三百両もの報奨金をかけた。しかし、だが持ち主だった岡本さんはそれを知らなかった……これ、まるで、〝賞金首〟みたいなもんですがな」

「どういうことだ……」

不思議そうな顔をする与力と内海に、綸太郎はキラリ、凜然となった目を向けて、

「茶碗には、峰吉が買ったのと、つがいの茶碗があって、それが盗まれたままです。だが、それは編笠の侍の手には、まだ渡っておりません」

「どうして分かる」

「その茶碗を探してる私を、それらしき侍がまだ尾《つ》けているからです……茶碗の行方《ゆくえ》が分

かれば、殺しの顚末《てんまつ》もハケると思います」

　綸太郎は自信に満ちた顔になって、

「どないでっしゃろ……後は、この咲花堂の上条綸太郎に出しゃばらせてくれまへんか。悪いようにはしません。へえ、事が解決するまでは、この峰吉、牢屋だろうと厠《かわや》だろうと、何処《どこ》へでもぶち込んでおいて下さって結構です」

「そんな、若旦那……」

「ま、しばらくの辛抱や。恨むんなら、己を恨むのやな。ハハハ」

　そう言って笑うと、綸太郎は内海を毅然《きぜん》と見上げた。

八

　一晩中の張り込みの甲斐《かい》があって、翌日の暮れ六つ（午後六時）頃、五郎助が件《くだん》の遊び人と会うところを、綸太郎は目撃することができた。なんと、浜町《はまちょう》の船宿で、利休庵の主人共々、三人で会っていたのである。

「なんや、焦臭《きなくそ》うなってきたなあ……」

　何の話をしていたかまでは分からないが、じっと出て来るのを待っていた。

しばらくすると、オコゼがふらりと船宿を出てきた。

まだ方角もよく分からない江戸である。見逃さないように、しっかりとオコゼを尾けると、なんのことはない。咲花堂とはほど近い、神楽坂を上がりきった所にある赤城明神《あかぎみようじん》の裏手の長屋に住んでいた。

神楽坂は武家屋敷と町屋が入り混じった町で、武家や商人が足繁く通うしっとりとした花街がある。祇園でいえば石塀小路界隈の落ち着いた佇まいである。

そういう場所柄で、ちょっとした茶器などの品評会をすれば、紛《まが》い物でも嘘のように売れるという。五郎助はそこに目をつけていたようだが、京の咲花堂が神楽坂に店を出したと知った途端、

――裏の商いがしにくくなった。

と感じたのかもしれない。

オコゼは何処か場末の飲み屋で拾って来たような女と、一緒に暮らしているようだった。いきなり踏み込んだ綸太郎は、襦袢《じゆばん》姿の女に出て行くように言ってから、

「茶碗を返して貰いまひょか」

とオコゼに詰め寄った。

その綸太郎の顔を見て、吃驚《びつくり》したオコゼはへっぴり腰で逃げようとしたが、自分の着物

の裾を踏んで転倒した。緩んだ褌《ふんどし》の紐《ひも》もたらりと垂れた、みっともない姿で、

「ご、御免！　すんません。ご迷惑をかけました。謝りますッ」

と額を床につけて、唐突に詫びの言葉を発した。

低姿勢を装って逃げ出すことはよくある。倫太郎は隙を見せないで、相手の後ろ襟をつかみ、恵比寿顔の根付を目の前に垂らした。

「やっと見つけたよ、オコゼはん」

「オコゼ？」

「あんたの渾名《あだな》やがな」

「オコゼ言うなッ」

本人も少しは虎魚《おこぜ》と似ていると気にしているようで、「俺にはちゃんと親がつけてくれた名がある。玉八《たまはち》でえ」

「玉八……プッ。こりゃまた目出度《めでた》い名だ」

江戸時代にも風水や姓名判断などがもてはやされていて、流行名前というのがあった。玉八もその名のひとつだった。

「桃路を脅した時に俺と会ったのが運の尽きやったな。この根付が落ちてた。俺の店の中に……」

すでに叶屋五郎助に聞いて知っていたのであろう。綸太郎が持っていることを不思議とは思っていないようであった。

「へ、へえ……」

「さあ、茶碗を返して貰おうか。棚の鍵をこじ開けて盗んだ瀬戸天目だ。自分から謝ったんだ。知らないとは言わせないよ」

「………」

「おい。正直に言え。芸者の桃路にちょっかい出して、失敗させられた。どうせ、その腹いせで、俺の店から盗んだのやろう」

「あ、いえ……」

「だったら、日本橋利休庵と叶屋五郎助に頼まれて、俺の店から骨董を盗めと命じられでもしたンか！」

「それは違います、はい。それは……！」

玉八は必死に否定した。その態度からは図星だろうと思えた。どうやら贓物を扱う叶屋五郎助の手駒の一人のようだ。その事を正直に言えば、自分もお縄になる。必死に違うと言い張るしかないのだ。元々気が小さいのであろうか、しょぼくれた顔になって、素直に話しはじめた。

「あれは桃路姐さんに、あんたとお近づきになりたいから、一芝居打ってくれと、そう頼まれて……」

「ハア？」

綸太郎には一瞬、何の話をしているか分からなかった。

「桃路姐さん、あれで結構、したたかなんですぜ。芸者稼業も色々と大変みたいでね、そりゃ、向島《むこうじま》や新橋《しんばし》みたいに景気のいいところはいいのでしょうが、桃路姐さん、なんだか知んねえが色々と物入りのようで、手練手管で客を沢山集めてるんだ」

俄《にわか》には信じられない言葉だった。綸太郎が不審な目をしていると、

「ほんとだって。俺だって、姐さんの客引きみたいな真似事だってしてたんだから」

「…………」

「とにかく、咲花堂と言えば、京で一番の目利き屋だ。その若旦那と知り合うとしたら、どうしたらいいか、あれこれ考えた手立てが、茶碗落としだ……結構、大変だったんだぜ、あんたが八幡さんから出て来る頃合いを見計らうのは」

「そう言われれば、あんな真っ昼間に芸者が出歩いているのも妙な……」

綸太郎は騙された気分でがっくりと来たが、まだ実害があった訳ではない。玉八の言うことをすべて信じることもできなかった。

「本当だって。例の……岡本ってお侍にも、コナかけてたからな。まさか、実際に百両を貰えるとは思わなかったらしいけど」

「それも、桃路が……」

「ああ。あの可愛らしい顔して、結構、金には執着してるんだ」

「それはともかく、茶碗だ。盗んだ中に、瀬戸天目という……おまえに言うても分からんだろうが、棚から盗んだ箱に入ってたもんや。どや」

「へ、へえ。それが、あれはもう……」

玉八は申し訳なさそうな顔になって俯《うつむ》いた。

「誰かの手に渡したのか」

「いえ。割ってしまったので」

「割った？　嘘はあかん。誰に渡したのや？　利休庵か、それとも神田佐久間町の旅籠《はたご》に届けたのか、それとも……」

「ほ、本当でやす。あっしは盗んだ後、逃げる途中に、割ってしまったので……でも捨てるのに忍びず……」

「なんだ」

「へい……売ってしまいやした」

「売った？　誰に」

「通りすがりのご老人に」

「また適当なことを」

「本当で。割れた茶碗も繋げば風流なものになると」

たしかに金繋ぎなどをしてかえって価値が上がるものもある。しかし、それは余程の名工が作ったものに限る。それに瀬戸天目に金繋ぎはそぐわない。綸太郎は正直に言えと、オコゼの襟首を締め上げて、

「ええ加減なことをいうと承知しないよ」

「ほ、本当ですって。だったら、今すぐ、売った人の所へ行きましょう」

「通りすがりの人に売ったのではないのか」

「顔はよく知ってます。月見坂の竹細工屋のご隠居です」

月見坂は桃路が通う茶屋がある色街である。他に雪見坂、花見坂という茶屋の名前のついた坂路地がある。

月見坂は神楽坂と並行して南に向いているから、月がよく見える。雪見坂は、やや北側斜面になっていて雪が降ると、いつまでも溶けずに残っている。花見坂は桜の古木が数本並んでいるからである。

オコゼこと玉八と、竹細工屋まで行って隠居を呼び出した。竹細工を長年作り続けて来たためか、背中が少し曲がった小柄な老体が出て来た。

綸太郎は挨拶《あいさつ》もそこそこに茶碗を見せてくれと言うと、すぐさま見せてくれた。金繋ぎどころか、膠《にかわ》か何かで適当に張りつけて、猫の水飲みに使っている。

「たしかに、あの茶碗や……ああ、勿体《もったい》ないこと……」

と言いながら、丁寧に見回してから、「割れたのなら、もう何百両もの値打ちはないやろ……ついでに箱も見せて貰いましょうか」

「箱？」

老体が首を傾げるのへ、綸太郎は丁寧に、「この茶碗が入ってた箱です」

「ああ。それは邪魔だから、やった。そこで遊んでたガキどもが持って行った。毘沙門天《びしゃもんてん》の裏の長屋にいる子供たちじゃよ」

綸太郎と玉八は、子供たちを探した。

すると毘沙門天の境内で、箱に土や砂を詰め込んで遊んでいる。それを逆さにすると、スポンと真四角な山ができる。子供は何でも玩具にするものだと感心しながら、

「ちょっと、お兄さんに見せてくれんかな」

「なんでえ、俺ンだぞ」

「ちょっとでええんや」

「なんだ、このオッサン、変な言葉で喋ってるぞ」

と子供たちはサッと箱を投げ出した。綸太郎はその箱を手水舎《ちょうずや》で水洗いして隈無く見たが、箱書きが何百両もするような値打ち物とも思えなかった。

「旦那。茶碗じゃなくて、こっちが金になるんですか？」

綸太郎は子供たちを振り返って、

「この箱には紙切れが入ってたはずやが、知らんかな？」

「知ってるよ」

と一番大きな男の子が、綸太郎の手を引いて、裏手の長屋まで行き、木戸口からさらに奥に入って、

「あれだよ」

と自分の部屋の入り口扉の障子を指さした。破れた所の継ぎ当てとして、花の形や鳥の形など、幾つかに切って張り付けていた。いずれも小銭程の小さな紋様だが、丁寧に設《しつ》らえてある。

「玉八、これをぜんぶ丁寧に剝《は》がすンだ」

「え？」

「ええか、丁寧にやぞ。その代わり、別のもので、綺麗に張り替えてやれ。おまえのせいでこうなったのだ。家の者には俺が話をつけるから、しっかり頼むぞ」

「でも……」

「これが何百両……いや、それ以上の驚きのお宝になるかもしれんのや。ええな」

気合を入れる綸太郎の目が、爛々《らんらん》と輝いて来るのを、ずっと尾けていた編笠の侍二人が長屋の木戸口から凝然と見つめていた。

九

夕暮れ時になって、やっと剝ぎ取った紙を、綸太郎は店に持ち帰って、元の一枚の極め札や折紙に戻した。骨董の価値を決める目利き師の鑑定書、これがお墨付とか、折紙付とか言われるゆえんである。

玉八は感心する目で見ていたが、綸太郎にとっては容易なことであった。花や蝶々、鳥などに切られているから、どうしても捨てられた部分がある。それでも、なんとか繫ぎ合わせると、

「おおッ」

と綸太郎は声を洩らした。

「なんだい？」

「ふはは……ははは。こりゃ凄い。凄いものかもしれへんで」

一流の目利き師というよりも、盗み掘りでもする『お宝探し人』のような顔になった。

『お宝探し人』は、幕府はもとより、役職こそ違えどの藩でも抱えていた。今で言うと、建設前に調査をする遺跡調査員であろうか。もっとも学術的なものではなく、幾多の戦乱や災害などで失われた貴重なものを探す、文字通り埋《うず》もれた宝を探す者たちだった。

もちろん綸太郎は違う。しかし、骨董という世間に身を置く者にとって、希代の宝を見つけ出すことに悦びを感じないはずがない。

「そんなに凄いもんなのか？」

喉《のど》を鳴らす玉八に、行灯《あんどん》のあかりの中で作業を続ける綸太郎は真顔で頷いた。

「ああ。一生、寝て暮らせるだけの宝かもしれへんで」

綸太郎が繋ぎ合わせた紙を火鉢の上に翳《かざ》すようにして、蠟燭《ろうそく》を近づけると、ぼんやりと幾筋もの線がうっすらと浮かび上がった。炙《あぶ》り出しである。明礬《みょうばん》や蜜柑《みかん》の汁などで描いたもので、子供でも遊べる程度の仕掛けである。じっと見つめていた綸太郎は、

「なるほど」

と深い溜息とともに頷くと、

「今日は何日や」

「昨日が重陽でした」

「そうだったか……なんやゴタゴタしてて忘れてしもたがな」

五節句のひとつで、菊の花盛りである。その四日後が『後の月』で、八月十五日の名月から一月後の十三夜だ。

「十三夜が何か？」

玉八が不思議そうに訊くと、綸太郎はしみじみと天井を見上げた。

「だから骨董とは面白いのや。これもまた一期一会の縁かもしれへんな」


その翌朝――。

綸太郎は、やはり玉八と連れだって、神楽坂をずっと登って、矢来を過ぎ、牛込弁天まで来た。その裏手に元は竹藪《たけやぶ》だった所があり、その一角に地蔵がある。

「ある刻限に、十三夜の月に照らされて、地蔵の頭の影が地面に出来る」

綸太郎が言うと、玉八は急《せ》かすように訊いた。

「そこに、お宝が眠っているのか？」

「いや。そこから、南北に何歩、東西に何間などの指示があって、初めて分かるんや」

家宝や財産を、刀剣や茶器などに暗号のようなものを印し残すことはよくあることだ。碁石の場合には、白石が入った壺に概略を記し、黒石の壺の方には詳細のものを残す。夫婦茶碗の場合には、男茶碗に場所を限定するものを記載し、女茶碗にはそこから先の微妙な位置関係を記すものだという。

綸太郎はそのことを承知していて、何かは分からぬが、宝の在処《ありか》を探していたのである。

「女茶碗は、お宅の番頭が、旅籠の主人とやらに渡したまんまなんだろう。返して貰わないと分からねえじゃねえか」

「ま、そういうことだが、こっちから出向くまでもない……来たようだ」

綸太郎が一方を見やると、弁天池の畔から、二人の編笠が向かって来ていた。既に腰の刀に手を当てて、まるで果たし合いでもするような意気込みである。

一人の編笠が鞘袋を外した途端、その柄の流れるような形を見て、

「岡本さんを斬ったのは、あんたやな」

と綸太郎が声をかけた。編笠は何も答えず、ただ野太い声で、

「その手の紙をこっちへ渡せ。しからば命までは取らぬ」

威嚇して鯉口《こいぐち》を素早く切った。

「つまりは、おまえさん方が、女茶碗を持ってる訳や。峰吉が旅籠の『美濃屋』に見せに行ったものを、そのまんまネコババかいな」

綸太郎は町人ながら、名字帯刀を許して貰っている家柄だ。しかし、いつもは丸腰。今日は、編笠浪人が追尾して来ているのを知っていたから、腰に脇差をさしている。脇差とは言っても、刃長が短い小太刀。しかも、阿蘇《あそ》の螢丸《ほたるまる》という銘刀である。

「町人！　怪我をしないうちに素直に渡すがよい！」

「前々から、俺を尾けてたのは知ってる。利休庵に出向いた時から、ちらちらとな。岡本さんも知らない財宝が、この牛込弁天のどこかに隠されてる。そういう訳ですな？」

「黙れ」

「図星でっか。残念ながら、女茶碗はうちの番頭が買うたもんや。こっちこそ、返して貰いましょうか！」

「ちょこざいなッ」

編笠の一人が物凄い早さで踏み込んで来た。刀身に削られた溝である〝樋《しゅう》〟の音が唸って、まるで空がぷっつりと切れたような鋭さだった。綸太郎は素早く身を沈めながら、小太刀を払うと、相手は峰の方へ刃を打ち落として来た。小太刀は背刀が弱いことをよく知っている攻撃の仕方だ。

同時、背後から、もう一人の侍が斬り込んで来た。玉八の「危ない！」という叫び声を聞くまでもなく、綸太郎は向き直って、自ら入り身のように踏み込んでいた。

「死ねッ」

相手は怒声を吐いたが、次の瞬間、綸太郎の小太刀は相手の鍔越しに、素早く小手を強打した。

悲鳴をあげて刀を落とした侍は、果敢にももう片方の手で脇差を抜き払おうとしたが、その前に綸太郎の切っ先が、肘の筋を斬り払っていた。ギャッと悲鳴を発して倒れた侍は、悶《もだ》えて苦しんでいたが死ぬ程の怪我ではない。

綸太郎は構え直すと、もう一人の編笠に向き直った。こちらの方が手練《てだ》れである。

——刀を持って来るのやった。

と綸太郎は少し後悔した。わずか一寸の違いでも命取りになる。しかも小太刀の扱いはさほど得手ではなかった。浅山一伝流という戦国実戦武術を嗜《たしな》んでいた綸太郎が、もっとも心血を注いでいたのは剣術と柔術である。後に一刀流も学んだが、編笠の侍には到底敵《かな》わない腕だった。

相手は間合いをジリジリと詰めて来る。一太刀で命を取る必死の構えである。そこまでして欲しがる宝とは何なのか。綸太郎はそっちの方が気になったが、しぜんと冷や汗が吹き出て来た。

「少々、てんごが過ぎたかな……一体、どれほどの宝物があるのや。女茶碗には書かれているはずやが」

「………」

「冥土《めいど》の土産に教えてくれても、よろしいんとちがうか」

綸太郎がそう言うと、編笠は、

「ざっと十万両！」

と気合のように吐き出しながら、斬り込んで来た。

その時、綸太郎はうわっと背中から地面に転んだ。

足元に大きな石があって、踵《きびす》が弾かれて仰《の》け反《ぞ》るようになったのだ。予測外の動きに、相手が一瞬、振り抜けてしまい、体勢を立て直す間に、綸太郎は跳ね上がって身構えた。

だが、敵の白刃も凄まじい勢いで打ち込んで来る。すんでのところで跳ね返すのが精一杯であった。

——だめだ。このままでは本当に殺られてしまうぞッ。

相手の峰をガッと打ちつけた時である。

「相手はこっちにもいるぜ」

いつの間にか、北町同心の内海弦三郎が既に抜刀して青眼に構えている。微動だにしないその切っ先と、内海の〝目つけ〟を見て、

――この人……かなりの凄腕や。

綸太郎がそう思った次の瞬間、編笠は綸太郎を押しやって、内海に向かった。

内海と編笠の侍は二閃《せん》交えると、三太刀目にはバッサリと編笠の侍が、編笠ごと斬り裂かれて倒れていた。

わずか三拍子の間に、決着をつけてしまった内海を、

――やはり見立て通り。

と綸太郎は感服して見ていた。

「しばらく見ておったが、おまえもなかなかの腕だな」

「見てたのなら、もっと早う……」

「まあ、生きてるンだから、いいじゃねえか……おう骨董屋。こいつらが、咲花堂お墨付の岡本殺しの下手人って訳だな」

「そういうことで」

「だが、俺は言ったはずだ。生兵法は大怪我の元だとな。下手すりゃ怪我じゃ済まなかっ

たぜ」

「はい。おおきに。助かりました」

と綸太郎は小太刀を収めながら、目顔で内海に礼を言った。


「で、そのお宝はどうなったの?」

桃路が興味津々に目を輝かせて、綸太郎を追いかけるように聞いてくる。神楽坂の横丁は時々複雑に曲がっていて、足を取られることがあるから、細心の気配りをしなければならない。が、茶屋に通い慣れた桃路には、目をつむっても歩ける道だった。

「殺しと関わりがあるから、後は町奉行所にお任せした。もっとも……十三夜に、牛込弁天で掘り出そうとしたら、あいにくの雨になってしもうてな……影が出ない。また来年の十三夜にならんと、はっきりと分からへんかもな」

「じれったい。ぜんぶ掘り返したらいいのに」

呆れて答えに窮する綸太郎の袖を、桃路は甘えたような顔でギュッとつかんだ。

「ねえ、若旦那。私も〝ご相伴〟に預かれるンでしょ? だって、お茶碗は、私が貰ったものだし」

「さあ。それは内海さんに訊くんだな。茶碗の折紙には、丹波篠山藩の藩主が隠した財産があったらしい」

「ホント!?」

「奴らは……同じ藩の江戸留守居役の命令で、岡本さんから奪い返そうとしたらしい。けど、頑として返さなかったんだな。もっとも岡本さんが、そんなお宝の隠し場所を記した折紙があると知ってたら、桃路……おまえにやったかどうかは分からんけどな」

「きっとくれたと思う。だって、ゾッコンだったんだもの」

「ほんま怖いなあ、女《おなご》は……」

「そんな……私、あの百両でちゃんと、岡本さんの供養します。だって、国元の奥方やお子さんにも嫌われてるってそんな事を言ってたから」

考えてみれば、岡本も可哀想な男だ。上役には疎《うと》まれ、妻子との仲は上手くいっておらず、淋しい〝単身赴任〟だったわけだ。家宝を全て処分してでも、桃路という芸者に入れ揚げたのは当然だと綸太郎には理解できた。

しみじみ桃路を見つめて、

「ほんまに女は……」

吐息をしたその時、細い露地から飛び出て来た玉八と出会い頭にぶつかった。桃路は、

「こら、待ちな！」

と腕をつかんで、ぐいとねじ上げた。

「あんた。旦那にみんな喋ったンだってなッ」

「え、あ、まあ……」

「お陰で私は散々じゃない、もう。やらしい女だと思われたじゃないよ。どうしてくれるのさ！　私はね、掛け値なしで、若旦那と知り合いになりたかっただけなんだ」

「だったら、お近づきになったんだから、もういいじゃねえか」

「そういうことじゃないのッ」

「アッ。なんだ、ありゃ」

と適当に指を指して、桃路があさっての方を見た隙に、玉八は転がるように逃げた。桃路が追おうとすると、今度は別の露地から出て来た隠居風の男と肩がぶつかった。かように迷路のように坂が入り組んでいる。

「あっ、これは松嶋屋のご隠居。たまには座敷に呼んで下さいな」

「ああ、今から、どうだね、蕎麦《そば》でも」

「あら、いいですわねえ」

と桃路は笑顔で隠居の手を握って、「じゃ、咲花堂の若旦那。また今度ね」

ちゃっかりとその後に、座敷に呼んで貰うつもりであろうか。

緩やかな石畳が続く細い坂道から、遠く外堀が見下ろせる曲がり角に立って、ほんの少し江戸の水に馴染《なじ》んだ気がした綸太郎であった。

第二話　銘刀は眠る

一

その刀を咲花堂に持ち込んで来た浪人者は、裕福ではないが一角《ひとかど》の人物に見えた。すうっと伸びた背筋で、顔つきも厳しくもなく穏やかでもなく、しかし凜然《りんぜん》と体から光を発しているような立ち姿だった。

「なかなかの業物《わざもの》ですな……」

もちろん新刀《しんとう》である。鑑定仲間では、安土桃山《あづちももやま》時代以降に作られたものを指すが、江戸の文化文政の頃にあっては、備前の流れがほとんどだったにも拘《かか》わらず、浪人が綸太郎に見せた、やや高い腰反りで身幅が広いのは、古刀《ことう》・山城《やましろ》国粟田口《あわたぐち》の流れを汲《く》むものと思われた。

「なるほど……あなた様が持つに相応しい刀ですな。踏ん張りの強い太刀姿は、まさにあなたの立ち姿だ、はは」

綸太郎は世辞《せじ》ではなくそう言うと、息を吹きかけぬよう刀身を少し離して眺めながら続けて、「この地金、つんだ小板目肌には、繊細な地沸がついて美しい……小乱が混じった刃文はたまりまへんな……まさに吸いつかれそうな……」

浪人者は初秋にしては涼やかな沙羅《さら》の着物を着こなしており、さりげなく帯に挟んでいる扇子にも気品があった。

その代わり、脇差はさしていない。浪人で脇差をささぬ者が多いのは、主君の追い腹など、切腹をしないと決め込んでいる証でもある。もっとも一本差は町人と同じで、自分で腹を斬ることのできない不届き者と誹《そし》られることもあったが、この浪人者の所作には卑怯者の欠片すら見あたらなかった。それほど毅然としていた。

「これを、いかほどで？」

綸太郎の方から買値を持ちかけると、浪人はやはり表情を崩さぬまま恬淡《てんたん》と、

「売りたいのではない。値をつけて欲しい。咲花堂の折紙が欲しいのだ」

折紙というのは、技量を保証する鑑定書である。鑑定した当人が自筆で花押《かおう》や押印をして、刀に添えるものであった。

しかし、本来、刀剣の折紙というものは、幕府目利所の本阿弥家のみが出せるもので、その分家でも〝添状〟という形で鑑定書を出していたという。もちろん、宗家当主が一人で鑑定するのではない。本阿弥家が寄り集まって合議して出されるものであった。

咲花堂の出すものは、特別な権威付けがされており、折紙ではあったが、本家に遠慮して、世間では〝お墨付〟という言い方がなされていた。

「なるほど……しかし、これほどの業物ならば、私の所よりも、それこそ本阿弥家に折紙を出して貰った方が箔《はく》が付くし、値も高くなりますやろ」

綸太郎が鑑定を拒むような言い草になると、浪人はそれまでとは違って、ほんの僅《わず》かに表情を曇らせた。

「咲花堂の上条綸太郎、あなたの名のお墨付が欲しいのです」

「私の？　京本店の親父のなら、まだ分かるが……」

「いいえ。あなたに見極めて貰いたい。それが私の意地でもあるのです」

「意地……？」

「はい。あなたに頼んで安易にお墨付を貰うつもりではありませぬ。己が乗り越えなければならぬ山がある。そのためには、本阿弥とか、その流れを汲むあなたの父の目利きではなく、心眼、すなわち、真贋を見分けるというあなたの目に賭けたいのです」

澄《す》んでいた目が一瞬、我欲を含んだように揺らめいた。それを見て取った綸太郎は、何か曰《いわ》くがあるに違いないと感じて、少し詳しい話を聞きたいと奥に入るよう勧めた。浪人は素直に頷いて、三和土《たたき》から上がろうとして、ふとためらう様子を見せた。

綸太郎が不思議そうに首を傾げると、踏み出す足を右から左に替えて、

「申し訳ない。失礼つかまつった」

と軽く頭を下げた。

余所《よそ》に入る時、刀を払いやすいように右足から踏み込むのは無礼だという。もちろん武士の心得としては、座る時も左膝から曲げるべきなのだが、それらはすべて戦国の世からの、いつどこから攻撃されても防御できるための、いわば護身の基本であった。深く挨拶をするとき、両掌をハの字にして額をつけるのも、茶を飲むときに親指を茶碗の縁に掛け添えるのも、身を守るためである。

「気にすることはありません。どうぞ」

綸太郎はすべてを承知している顔で、奥座敷に通した。

奥座敷といっても、猫の額ほどの裏庭にすぐ降りられるほど狭い室内である。だが、男所帯ながら、塵《ちり》一つなく清潔に片づいている様子を見て、浪人は痛く感心したようだった。もっとも掃除は、毎朝毎晩、番頭の峰吉がしていることであったが。

「拙者、天神夢想流《てんじんむそう》宗家師範、曽我部五郎右衛門光吉《そがべごろうえもんみつよし》。実は貴殿には一度、お会いしたことがある」

その名前を聞いて、綸太郎は驚いた。天神夢想流は、後の八坂《やさか》神社、祇園《ぎおん》社の守り刀を預かる流派だからである。

「どこで、お会いしましたかな」

綸太郎には覚えがないので、不思議そうな顔で、番頭が運んで来た茶を勧めながら、仔細《さい》を聞こうとすると、

「幼い頃です」

と五郎右衛門の方から、前のめりになって懐かしそうな顔になった。

「祇園祭の折、本阿弥十二家の方々、咲花堂さんをはじめ、宝琳堂《ほうりんどう》さん、久六庵《きゅうろくあん》さんら目利きの方々が一堂に会して、祇園社の守り刀である乾虎坤龍《けんここんりゅう》という一対の銘刀のお披露目がありました」

「乾虎坤龍……！」

綸太郎は背筋がぞくっとなった。この銘刀こそ、綸太郎自身が江戸に来て探そうとしている刀の一つだからである。

「覚えていますかな？」

と五郎右衛門が懐かしそうな顔になるが、やはり綸太郎には一向に覚えがない。

「忘れてるのは当たり前ですな。なにしろ、綸太郎さん、あなたはまだ十歳かそこらだった。私は十五になってましたがね」

「…………」

「無理もありません。あれから二十年近い月日が流れている。しかし、私はよく覚えてい

る。あなたは、あの乾虎坤龍の披露の席で、『この刀は見て楽しむ刀ではない。邪気を斬る刀や』と、その場の名だたる目利きたちが驚くような声を発したのだからね……十歳の子供の言う言葉ではない。私は正直、空恐ろしいものを感じましたよ」

「あ、ああ……」

綸太郎の脳裡に遠い日の幻影が微かに甦《よみがえ》った。その乾虎坤龍、一対の守り刀で闘ってみよと、誰かが戯《たわむ》れに言った。それで、祇園社の守り刀を預かる剣術流派の、まさに竜虎と呼ばれた、曽我部十郎左衛門と五郎右衛門の兄弟が刃を交えたのであった。

ハッと五郎右衛門の顔を見た綸太郎は固唾《かたず》を飲んで、

「では、あなたがあの時の……」

「さよう、弟の方です」

「凄《すご》い気迫で立ち合っていたのは覚えていますが、私は途中で怖くなって目を伏せていました」

「もちろん、本気で斬り合った訳ではありませぬ。乾虎と坤龍とどちらが強靭《きょうじん》な刀であるか試したようなものだが、五分と五分ということで、まさに仁王のように頼もしい守り刀だと落ち着いたのです」

祇園社は貞観《じょうがん》一八年（八七六）に創祀され、江戸の初期から参詣者相手の茶屋が並び、後に遊郭の島原《しまばら》を圧倒するほどの繁華な花街になった。祇園祭は足利《あしかが》の治世より、町衆によって行われてきた伝統格式があるものである。

その祇園社は牛頭天王《ごずてんのう》つまりスサノオの尊《みこと》を祭っている。暴れん坊のスサノオの尊は、姉のアマテラス大神を困らせたりするが、後に八岐大蛇《やまたのおろち》を退治したことで、五穀豊穣《ほうじょう》や防災除疫の神として祭られることになった。

そのスサノオが、貧乏だけれど優しい兄と、裕福だがケチで心のさもしい弟の、心を試した神話が残っている。蘇民将来《そみんしょうらい》、巨旦将来《こたん》の兄弟は、結局、兄の方だけが子々孫々、疫病除けの保証をされたという。その象徴として、一対の刀が守り方としてあるのだが、

「私たち兄弟も、まるでその神話のように、周りの者たちに扱われました」

と五郎右衛門は述懐した。

「私は、金持ちだが心の狭い弟、兄の十郎左衛門の方は、貧しいが心優しい……賢兄愚弟ではないが、幼い頃から、そういうものだと吹き込まれていました。もちろん、大人たちは神話を持ち出して冗談で言ってたのですが、まるで生まれた時から、敵対させるかのような言動が多かったので、私は……何とも嫌な思いばかりでした」

唐突な身の上話に、綸太郎は少し戸惑ったが、浪人が訪ねて来た本当の訳をじっくりと聞きたくなった。

五郎右衛門の差料は、後鳥羽《ごとば》天皇が奉納した刀匠の一人、御番鍛冶・粟田口国安《くにやす》の流れを汲むものの作柄には間違いないであろう。が、鍔や柄など刀装具を外して、茎《なかご》の部分を見ても無銘である。いや、〝安〟を崩した文字はあるが、刀工の名とは思えない。

「この刀に、私の折紙をつけたとして、何の値打ちがありますのや」

綸太郎が率直に尋ねると、五郎右衛門は静かに頷いて、

「乾虎坤龍の一対の刀を取り戻したいのだ」

「取り戻したい……どういうことです？」

「その一対の刀は本来、祇園社に奉納されて、神殿に置かれているものです。守り刀ですからね。でも、その刀は……」

「何者かに盗まれた」

綸太郎が続けて言うと、五郎右衛門は少し驚いた顔を向けたが、

「ま、ご存じでしょうな、咲花堂さんほどの刀剣目利きならば」

「だが表だっては知られていないはずや。実は私もあの刀を初めて見た時に、背筋が凍るほどの、得体の知れない恐ろしさを感じたのを覚えております。だから、鑑賞するものではなく邪気を斬る刀だと思ったのでっしゃろ。そやけど、それを……」

じっと見つめている五郎右衛門に、綸太郎はきちんと向き直ると声を落として、「取り

戻したいということは、盗んだ奴が誰か知っているってことですな」

「およその見当はついておる。あなただから言っておきましょう……兄です。兄の十郎左衛門が何者か……恐らく門弟の誰かに命じて、奪わせたのであろう」

「江戸に流れて来ているのは、私も噂《うわさ》に聞きました。骨董仲間では万が一、〝姿を現した〟ときには、己一人で処分せずに、祇園社ないしは本阿弥家に届ける手筈《てはず》になってんですわ。もっとも、そんな銘刀はなかなか手放さないでしょうがね」

「それが困る……この二本の太刀は、離ればなれになると、お互いがむせび泣いて血を見ないではすまないという言い伝えがある。そんな馬鹿げた話あるかと思うだろうが……数十年前にも一度、盗まれた乾虎の方が、人を斬ったことがあるのだ」

「そんな……」

綸太郎は俄《にわか》に信じられなかった。刀は人が握って初めて凶器に変わる。刀に小さな傷が入って、刃となる。小さな傷とは、すなわち人の心、である。人の心が、邪剣にも正剣にもするのだ。

「早く取り戻さないと、とんでもない事が起こるやもしれないのです」

凛然としていた五郎右衛門はやや切羽詰まった顔になって続けた。

「でないと、本当に血で血を洗うことに……」

「その守り刀を奪い返すことと、私がこの刀に墨付をつけるのと、どう関わりがあるのです？　はっきりお聞かせ願いましょう」

「実は……」

五郎右衛門は微かに言い淀《よど》んだが、

「これまた馬鹿げた話かと思われるだろうが、本阿弥家の折紙のついた刀は、当代の咲花堂の折紙のついた刀でしか邪気を払うことができないのです」

「……！」

「これまた、いにしえより伝わっているものなのです」

五郎右衛門は、自分の兄弟の争いを、本阿弥家と咲花堂を営む上条家の争いにする気なのかと勘繰りたくなった。いよいよ綸太郎は、

──気分が重いな。

と体中に倦怠《けんたい》に似た疲れが広がった。

ふと表を見ると、店先に、北町奉行所同心の内海弦三郎がぶらぶらと歩いていた。中を覗くようでもあり、通り過ぎるようでもあり、

──もしかしたら、五郎右衛門を尾けて来たのかもしれん。

という思いが、なぜか過った。

二

本阿弥家の始祖は、妙本《みょうほん》。足利尊氏《たかうじ》の刀剣奉行だったと言われる。本阿弥家は足利将軍家から続き、信長、秀吉、家康と権力者と常に深い関わりの中で延々と栄えてきた一族である。刀剣目利きや研鑽《けんさん》などを稼業としているが、政の裏や闇を見ていたと言っても過言ではない。

そんな中で、綸太郎は十五代目になるのだが、先祖の上条兼春《かねはる》は、妙本の庶流である。その後も、本阿弥家との縁戚関係は繰り返しているが、本家とは違う立場や価値観で鑑定を行って来た。本阿弥家が官僚ならば、上条家は在野とでも言おうか。

「それにしても、困った……」

憂鬱《ゆううつ》になった綸太郎が、神楽坂を牛込見附の方へ下っていると、露地から飛び出て来た桃路に、

「なに辛気くさい顔をしてんのさ」

と声をかけられた。

「なんだ、おまえか」

「ご挨拶だねえ。そうだ、旦那、ちょいと座敷に付き合って下さいな」

「え？」

「松嶋屋のご隠居の宴席なんだけどね、旦那のこと、お引き合わせしときたいんだ」

「松嶋屋……ああ、あの……」

いつぞや、袖振坂の露地でばったり会った桃路が、そのご隠居に誘われて蕎麦を食べに行ったのを、綸太郎は思い出した。どこかうらぶれたような商家の旦那風だったが、長年苦労をしたためにかえって穏やかな人物らしい風格だった。

「松嶋屋さんて方は何をなさってるんだい」

「あら、知らなかったの？　振袖坂をちょいと入った所、鉤形《かぎがた》に曲がった小径《こみち》があるでしょ。その先にある料理茶屋のご隠居ですよ」

「料理茶屋？」

「元は旅籠だったらしいけどね。神楽坂は、神田や日本橋と違って、両国《りょうごく》橋や浅草《あさくさ》からも離れてるし、あまり旅人が立ち寄る所じゃないけど、ここからの風情は江戸随一だと思う。なにしろ江戸城と富士を一緒に眺められるンだからねえ」

生まれは向島らしいが、神楽坂で育ったという桃路は、それが当然であるかのように我が町を自慢した。

松嶋屋という料理茶屋は、諸藩の江戸留守居役と幕閣との交流や大店の旦那衆の寄合でよく使われる有名店だ。創業は寛永《かんえい》年間で、元々は矢来の別邸に通う将軍家光《いえみつ》の従者が休息したり、食事をするための宿だったらしい。

「なるほど。京にも若狭《わかさ》街道に平八茶屋という天正《てんしょう》年間から続く老舗《しにせ》があるけれど、そこみたいなとこかいな」

と綸太郎は祖父に連れられて通った、京の北の外れの名店に思いを馳せた。

振袖坂の露地にひっそりとある松嶋屋の前に来ると、

――なるほど。

と綸太郎は頷いた。京の佇まいとは違うが、どこか張りのある店構えや一歩踏み込んだ石畳に導かれる店内は、まさに一流の風格がある。料理茶屋が雨後の竹の子のように増えた江戸にあっても、誰もが一目置く松嶋屋だと得心した。

他の茶屋にも、この店から料理の仕出しをしているという。もっとも、老舗のこだわりは店でしか味わえない。

綸太郎は案内された座敷に行くと、『神楽坂もずの会』という商家の旦那や職人、近在に住んでいる御家人らの集まりが催されていた。殺伐《さつばつ》とした江戸の雰囲気の中にあって、どこか京情緒のおっとりとした雰囲気があった。

もずの会とは、鳥の百舌《もず》からとったという。百の舌で松嶋屋の料理を味わうという意味で、洒落《しやれ》てつけている。また、百舌勘定という言葉があるが、これは自分が金をあまり出さず、人にばかり出させるという意味である。松嶋屋の旦那のご馳走《ちそう》になることも多いので、命名された会名だった。

「これはこれは咲花堂さん。こちらへ、どうぞ、どうぞ」

と下へ置かないもてなしようである。桃路が、綸太郎のことを座敷で色々と話していたようである。

「ほう、なかなかの男っぷりだ。桃路が一目惚《ぼ》れするだけのことはある」

「うむ。京、咲花堂の若旦那というから、もっと華奢《きやしや》な人を想像してたが、立派な偉丈夫《いじようふ》ではありませんか」

「ヤットウの腕前も凄いとか」

などと興味津々の目が集まって、綸太郎は少々気恥ずかしかった。

「こちらこそ、突然の新参者を温かく迎えて下さり、ありがとうございます」

まずは、江戸前料理と名付けられたものが次々と運ばれて来た。

京の繊細なものに対して、江戸前の活《い》きのいい秋の魚介がポンポンと色鮮やかに出て来る。煮物や椀《わん》などは、醬油《しようゆ》や塩加減などが違うので、綸太郎にはやや野暮ったく感じたが、さすがに素材の良さは素晴らしい。

「いや、美味い……本当においしい」

「今日は江戸ッ子のもずの会だから、関東風だがね、集まりによっては著名な料理人を呼んで宴を催すこともある。この前は、備前宝楽流《ほうらく》の乾聖四郎《いぬいせいしろう》という庖丁《ほうちょう》人の京風懐石も戴いたが、いや、なかなかのものでしたよ」

と上座の松嶋屋の隠居が、日向のような温もりのある顔で、綸太郎を見ていた。

やがて、鰻《うなぎ》の蒲焼《かばや》きが高足膳《ぜん》に運ばれて来た。タレの香ばしい匂いと、もわっと広がる湯気に、綸太郎は食欲がそそられた。

「ささ。これが松嶋屋の一押しですぞ」

主人に勧められるまでもなく、鰻には目のない綸太郎が箸《はし》でつまんだ途端、何の抵抗もなく豆腐のように身が切れた。

「?……」

一瞬のためらいの後、ほくほくの鰻を口に運ぶと、ぐにゃりと気持ち悪いほどの柔らかさに思わず、

——なんや、これは。

と戸惑わずにはいられなかった。不味《まず》いのではない。むしろさっぱりとした身と濃厚な

タレがふわふわの御飯に絡まって、おいしかった。ただ食感が不快に感じた。

「お口にあいませんか？」

松嶋屋のご隠居が気遣いを見せたが、綸太郎はにこり笑顔になって、

「おいしいけど……なんや、このぐにゃぐにゃの感じは馴染みがないから……」

と不思議そうな顔をしてみせた。

関西の腹開き、関東の背開きという。江戸は武士の町ゆえ、鰻を腹から捌《さば》くのを忌み嫌ったのだ。しかも、京では地焼きといって炭火で焼くが、江戸では焼き目をつけた後に一度蒸してから、本焼きにする。油が落ちると同時に、旨味までが落ちてしまうような気がするのだが、

――これはこれで美味い。

と綸太郎は思った。

「いやはや。所変われば品変わるではありませんが、おいしいもんですなア」

柔らか過ぎるのには、なかなか慣れなかったが、綸太郎はペロリと食べてしまった。その後、桃路が四、五人の芸者衆を引き連れて来て、踊り、舞い、三味線を楽しみ、つるつる拳、金毘羅《こんぴら》船々、いろはにいの字など座敷遊びをしているうちに、

「さてと宴もたけなわだが……」

と松嶋屋の隠居が声を発した。途端、同席している人たちは、かなり酒を飲んでいたにも拘わらず、しゃきっと正座をすると揃って隠居の方を向いた。

「今日、咲花堂さんに来て貰ったのは他でもありません。私たちがこうして遊んでるのは、暇な旦那衆だからではありません。いや、むしろ忙しいお方が多い。有閑ではなくて、勇敢だ。ハハハ」

と駄洒落を一言発してから、「私たちもずの会の連中は、いわば困った人々を助けましょうと集まっている善意の会なんです」

何も大きな事をするのではない。江戸には様々な人々が、色々な思いで暮らしている。病の人もあれば、貧しさに喘いでいる人もいれば、不当な責めにあったり、揉め事で苦しんでいる人もいる。その人たちが救いを求めて来た時には、手を差し伸べようという集まりなのである。

元々は、八代将軍吉宗《よしむね》が目安箱を作った折に、龍の口《たつのくち》評定所門前に来られぬ者たちのために、数ヶ所の寺社に投げ文所を設けた。それを町名主が集めてまとめて出したこともある。神楽坂では善國寺毘沙門天前にも置かれたことがあり、投げ文所がなくなった今でも、相互扶助の精神を生かすために集まっている、いわば慈善団体なのである。

「そうなんですか」

綸太郎は趣旨を初めて知らされて、意外に思った。

「もっとも、なんでもかんでも助けるのではありません。自助努力をするように後押しするだけです。借金に困ったから金を貸してくれなんぞという、自分の都合ばかりを善國寺の『お助け箱』に申し込んで来る者もいるけれど、その手の類はよほどの事情がなければ無理には助けない。お上に届け出るべきことは届け、我々で解決できることは力になってあげる。それが、もずの会の本当の狙いなんですよ」

「なるほど……」

たとえ隣家のことでも、あまり深く立ち入らない京の風習とは違い、江戸ッ子というのは余計な事にも首を突っ込むのだなと綸太郎は解釈した。『京の従兄弟に隣変えず』という諺《ことわざ》もある。近隣のつきあいを大切にしていると、いざというときに助けてくれるという意味だ。

異郷の地で、お節介焼きの綸太郎に相応しい仲間ができた。これも桃路の〝謀り事〟かもしれぬと思ったが、

――それならそれで、よろしい。

という爽やかな気持ちにさせられた。

「早速だが、今回の事案は、半月前の火事のことだ。焼け出された人々はまだ深川の十万

坪の掘っ建て小屋で過ごしており、怪我や病も癒《い》えぬままだ。もちろん、町奉行所や町会所でも人や金を出してるが、私たち、もずの会も、救いの手を差し伸べてくれと哀願されている。元は善國寺の末寺にあたる、深川猷善寺の庫裏が火事になったことが大火事のもとだ。なんとか、暮らしを建て直す手助けをしたい」

松嶋屋の隠居の言葉に、異議を挟む者はいなかった。もちろん、すべてを賄《まかな》えるわけではないが、小さな善意を届けることに異論はない。綸太郎も承知したが、番頭の峰吉は、

「またぞろ余計なことを……」

と文句を言うであろうと脳裡をかすめた。

だが、綸太郎は次に言った松嶋屋の言葉に凝然となった。

「ところで、咲花堂さん。猷善寺には、祇園社から盗まれたという、二振りの守り刀があったらしいのです。それが火事騒ぎで、また何者かに盗まれていた。町方も探しているようじゃが、実は私も好事家《こうずか》の一人でな、色々と手配りをして探している。もし、それらしきものが見つかったときには……本物か否か、鑑定して下さいますな」

松嶋屋の顔が一瞬にして、好々爺から、欲の皮の突っ張った脂《あぶら》ぎった男に見えた。綸太郎の心の中にざわめきが広がるのを、己では止めることができなかった。

三

月夜の藪の中で、鈴虫や松虫が鳴いている。

鬱蒼《うっそう》とした麻布狸坂を登ったり下ったりしている人影があった。先日、咲花堂を訪ねて来た曽我部五郎右衛門である。

この辺りは武家の別邸や商家の寮がある寂しい所であったが、得体の知れない者たちが住みついている破《や》れ寺や古い裏店《うらだな》などもあって、夜が更けるとあまり人が寄りつかない所であった。

すると、小さな竹藪の道から、一人の男がぶらりと歩いて来た。月明かりで、わずかに見えた顔は、刃物傷が鬢《びん》から頬にかけてある、恐ろしく目の窪《くぼ》んだ男だった。

虫の声がピタリと止んだ。

その異様さに、一瞬、ドキッと振り向いた男の前に、五郎右衛門がずいと立ち、

「鼬《いたち》小僧伝吉《でんきち》だな」

と呟いた。鼬小僧と呼ばれた男は、かすかに動揺して身を引いたが、

「なんでえ、てめえ」

と嗄《しゃが》れた低い声で、闇の中の相手の姿をとらえようと凝視していた。

ゆらり五郎右衛門が動いた次の瞬間、音もなく鞘から刀が離れると、一瞬にして鼬小僧伝吉の眉間をパカリと斬り裂いた。悲鳴をあげる間もなく、伝吉が夜露に濡れた下草に倒れた時には、既に刀は鞘に戻っている。

がさがさッと音がしたのは、伝吉のせいではなかった。

五郎右衛門の背後に強烈な気配が張り詰めたのだ。思わず振り返ると、そこには荒い息の町方同心が立っていた。黒羽織に朱房の十手に手を掛けた内海弦三郎の険しい顔が、竹林の隙間から射し込む月明かりに浮かんだ。

「貴様！　なぜ、その男を斬った!?」

内海は鯉口を切りながら、間合いを取った。五郎右衛門の刀は鞘に収まっているが、人を斬ったとはいえ、眉間に切っ先を当てただけだ。血糊や脂が付着したわけではないので、すぐさま刀は使えるはずだ。

新陰流の手練れである内海だが、目の前で鮮やかな剣捌きを見せつけられて、

——俺には到底、敵《かな》いっこない凄腕だ。

と分かっただけに、下手に動くことはできなかった。少なくとも一太刀で、致命傷を受ける訳にはいかぬ。せめて一矢報いることのできる間合いは取っておきたかった。

五郎右衛門は何も言わずに正面を切って、低く身構える内海を見下ろした。

「なぜ斬ったかと聞いておる！　その男は、町方でも追っていた鼬小僧だッ」

「…………」

「答えろッ。何故、殺さねばならなかったのだ！」

「鼬小僧と知っているのなら話が早い。どうせ獄門送りの盗人だ。押し込んだ先で殺しや手込めもしてる輩ではないか。斬り捨て御免。それだけのことだ」

「盗人盗賊を斬るのが、貴様の仕事なのか？」

「…………」

「事情を聞きてえ。ちょっくら自身番まで来て貰おうか」

ズリッと僅かに半歩だけ、五郎右衛門は内海に擦り寄って、

「いつから、尾けておった」

「…………」

「でなければ、かような刻限にかような所に町方が現れるはずがない」

「だから、ゆっくり話を聞こうじゃねえか」

内海も負けじと刀の柄に手をやって、身構えたまま声を強めた。五郎右衛門は端然と背筋を伸ばして立ったまま、ゆっくりと間合いを詰めてくる。このままでは、相手の間合い

になると踏んだ内海は、後ろに引こうとしたが、竹藪にあたるから刀を抜きにくくなる。

五郎右衛門は、何かを思い出したように、ハハンと頷いて、

「咲花堂の表をうろついてた同心だな？　若旦那が怪訝《けげん》に見やっていたが……狙いは、俺の方だったか」

図星を指されて、内海は答えに窮した。

「こっちこそ、訳を聞こうか」

「…………」

「尾けていたのなら、名前くらい知っておろう。天神夢想流、曽我部五郎右衛門光吉。貴殿の名は」

「き、北町奉行所定町廻り同心、内海弦三郎……」

と名乗ってから、もう一度、柄を握り返した。夜風が冷たいのに、喉がカラカラに渇《かわ》いてくる。

「このところ、あちこちで奇妙な辻斬《つじぎ》りが起こっておる。今、あんたが見せたように、眉間を一撃だったり、心の臓を一突きだったり、はたまた喉を斬り抜いたり……まるで、切っ先一寸で仕留める稽古《けいこ》でもしてるかのように、正確に殺してる。しかも殺されたのは、罪人でお上から追われている者だけだ」

「…………」

「試し斬りをするのに丁度いい相手だってか？　だがな、勘違えして貰っちゃ困る。きちんと白洲《しらす》に座らせて、お上《かみ》の沙汰《さた》で処刑するのと、貴様がやってる事とは、天と地ほどの違いがあるンだッ」

「下らぬ」

　五郎右衛門は表情を微動だにせず、あっさりと言い捨てた。

「なんだとォ!?」

「生きいても、しょうのない奴を成敗してやっただけのこと。おまえたち町方の手を省いてやったのだ。御免」

「やい！　待ちやがれ！」

　それでも食らいつこうとする内海に、五郎右衛門は背中を向けて、

「おまえと議論をする気はない。刃なら交えてもよいが……無駄な殺生《せっしょう》はせぬ。おまえもなかなかの腕のようだが、たったひとつの命。せいぜい大切にして、江戸の町人のために使うのだな」

　内海は何も言えなかった。首筋から肩、胸にかけて、ぐっしょりと汗をかいている。柄を握った手首も硬直して、指がすぐには動かないほどだった。

「なんだ、あいつは……」

その翌日、内海は神楽坂咲花堂を訪ねて、五郎右衛門が何用で来たのか訊いた。綸太郎は細かなことは話さなかったが、かなりの業物に〝お墨付〟をつけてくれと依頼されたことは話した。

「で、つけてやったのか？」

「もちろんです。めったに見ることのできない太刀でしたからな。旦那にも、一度見せてあげたかった」

綸太郎が微笑みながら言うと、内海は怯《おび》えたような目つきで、

「ゆうべ見たよ。この眼《まなこ》でな」

「え？」

「あんたとは、どういう仲なんだ」

「どういう仲って、別に……」

内海の意図が分からぬゆえ、綸太郎としても答えようがなかった。だが、昨夜、辻斬りまがいのことをしたことを聞くと、

――もしかして……。

と綸太郎は顔を曇《くも》らせた。

「やはり、何か知ってるな？」

「へ、へえ……」

「隠すとタメにならねえぞ。事と次第では、おまえも辻斬りの仲間として、お白洲に引きずり出してもいいんだぜ」

脅し文句に過ぎないと分かっていたが、綸太郎にも心当たりがない訳ではない。しかも、自分が、お墨付を与えたばかりの刀で、辻斬りまがいのことをしたとなると、たとえ相手が極悪非道の罪人とはいえ寝覚めが悪い。

鼬小僧は、その後、内海の手配によって番所に運ばれ、きちんと検死を受け、辻斬りにあったことで処理された。咎人は無縁仏として葬られる。

もちろん、辻斬りをした本人は名乗りを上げたのだ。内海は見たままのことを、与力の宇都宮琢馬《うつのみやたくま》にきちんと報告したが、なぜか追捕《ついぶ》の命令は下って来なかった。天下の祇園社の守り刀を預かる家柄ゆえ、町方が咎めることはできないのであろうか。かといって、事案が寺社奉行に回った節もない。

それどころか、内海は与力に問いかけてみると、

「盗賊退治をしてくれてよいではないか」

などと奉行所役人として、あるまじき答えが返って来た。内海とて、御定法《ごじょうほう》に四角四面に従う同心ではない。むしろ、はぐれ者だ。が、モノには限度がある。強いものには巻かれる姿勢が気にくわなかった。

——もっとも、俺も怖くて手を出せなかったがな。

というのが正直なところだ。だからこそ、奉行所の威信をかけて、事情を聞かなければならぬところ、退治をしてくれてよいではないか、とは何事だ。内海ははらわたが煮えくり返っていた。

綸太郎はそんな内海の態度を知って、

「ふ〜ん。旦那、案外、まっすぐなんですな。もっと歪んでると思った」

「なんだ、そりゃ」

内海は不快に顔を歪めて、「何でもいいから話してみな。さっき言いかけた、心当りだよ」

「へえ、実は……曽我部五郎右衛門様には、三つ違いの兄がおり、十郎左衛門時政《ときまさ》といいます」

「うむ。聞いたことがある。天神夢想流の門弟は上方を中心に、江戸、尾張《おわり》など、千人を超えるというではないか」

「その兄弟二人が、雌雄《しゆう》を決する真剣勝負をするというのですよ」

「真剣勝負⁉」

「そうです。先代が亡くなってから、丁度、三回忌。師範として、兄が指導にあたり、弟は諸国に武者修行に出た。修行のやり方の違った二人が、刃を交えるのです」

「なぜ……」

「もちろん、真の後継者を決めるためでっしゃろ。しかも、この江戸の道場で」

「道場はたしか、小石川の播磨《はりま》坂に……」

「よくご存じで。御公儀の旗本や一橋《ひとつばし》家や田安《たやす》家など御一門の家臣にも門弟がいるので、いずれが当主になっても、後見人として、徳川御一門がつくとなると、諸藩の剣術指南役の道も開ける。祇園社の御守り役は大事な役目ですが、やはり名誉職も同じ。武芸者としては、実力を天下に知らしめたいというのが、本音なんでしょうな」

「なるほどな。武芸者ゆえに、兄も弟もないという訳か」

「兄は兄、弟は弟の思いがあるのやろ。でも、血腥《なまぐさ》い戦いはどうでっしゃろ……町人の俺には理解できまへんが」

「そうか……だから、辻斬りをして、一寸斬りの稽古をしてたのか……」

と内海は、目の前で見た太刀筋を思い出していた。しかし、不意に襲うのと、必死の覚悟で対峙《たいじ》する相手と戦うのでは、まったく状況が違う。しかも、優劣つけがたい剣豪同士となると、そう上手く行くとも思えない。

「いえ。拮抗《きっこう》した腕やから、一寸の違いで勝負がつくんと違いますか？」

綸太郎がそう感想を洩らすと、内海は一瞬、訝しげな目を向けたが、

「その通りかもしれぬな」

と深い溜息をついた。

「でも、その戦いも、乾虎坤龍の一対の秘刀が見つかったらの話です」

「なんだ、それは」

さすがに、その守り刀については知らなかったとみえる。

「いずれが龍で、何れが虎か……綺麗に決めて貰いたいもんですな」

と綸太郎は言ったものの、その流派の骨肉の争いに、本阿弥家と咲花堂も巻き込まれることを憂慮すると、気が気でなかった。

四

火事になった深川猷善寺から消えたという乾虎坤龍の行方は、杳《よう》として分からぬままで

あった。

もずの会の連中は炊き出しをする一方で、松嶋屋主人に尻を叩かれて、銘刀秘刀が誰に盗まれたか探していた。江戸には、町会や問屋仲間の他に、様々な〝講〟があって、意外と隅々まで交流があった。人の目が多くなればなるほど、隠し事はしづらくなる。

「盗んだ奴も、仕舞うところに困るだろうよ」

と松嶋屋たちは思っていた。

だが、二刀が共鳴して、どこかで血を見るという伝説は、まだ起こっていない。もっとも、

——守り刀当家の曽我部五郎右衛門が、辻斬りをしている。

とは誰も知らない。

その夜も——。

五郎右衛門は、徘徊《はいかい》するように江戸の町を歩いていた。が、夜四ツ（午後十時）になると、木戸番によって町木戸が閉まる。その対面には自身番があるから、勝手にうろうろできない。

もっとも、武家ならば原則としてはお構いなしである。ましてや五郎右衛門が、天神夢想流宗家の御曹司だということは、自身番や町木戸の者たちには知られている。よほどの

事がない限り、往来できた。

両国橋西詰めの盛り場はまだ宵《よい》の口である。もっとも芝居小屋や見世物小屋は表幕が降ろされているが、居酒屋、矢場、料理茶屋、船宿などは、御定法で決まっている火を落とす刻限が過ぎても、煌々《こうこう》と輝いていた。

五郎右衛門は泰然と歩いていた。だが、その目は、獲物を狙う獣のように鋭い光を放っていた。

五郎右衛門は遊びに来た訳ではなかった。ぶらりと浜町《はまちょう》河岸の道を歩いてから、薬研《やげん》堀《ぼり》の方へ折れた。

ずっと誰かを尾《つ》けていたようだ。

人気が消えて、暗闇が広がった途端、

「ふっ!」

と息吹を吐きながら、一方へ向かって跳びはねると同時、五郎右衛門の鞘から刀が抜き放たれた。

「花火小僧だな」

次の瞬間、物陰から出て来た花火小僧と呼ばれた頬被りの男は、前のめりに飛び込むように小さな溜《た》め池に落ち、そのまま反対側に這《は》い上がった。五郎右衛門は、筋違いの道を通って獲物を追っていたのだ。

溜め池を迂回《うかい》して、足早に追う五郎右衛門だが、獲物は健脚で天水桶を踏み台にして、軽やかに商家の軒に猿《ましら》のように、よじ上った。

軒下を目指しながら、五郎右衛門は小柄を指先で挟むと鋭く投げ打った。闇の中を音もなく飛んだ小柄は、見事に逃げた男のふくらはぎに命中した。

「うぐッ……」

屋根まで登ろうとした男は均衡を失い、軒に滑り落ち、そのまま地面に落下した。危うく背中から落ちそうになったが、類い希《まれ》な身軽さがあるのであろう、猫のように反転すると、なんとか着地して、近くの露地に飛び込もうとした。

その前に、五郎右衛門の影が立ち、鋭く刀を突き出したが、男は宙返りをするように跳ねて切っ先をかわすと、そのまま細い露地に駆け込んだ。

人ひとりがやっと擦り抜けられる程だから、刀を振り回すことはできまい。男はそう思ったのか、まっすぐ駆けたが、ヒュンと扇子が飛来して首の根っこに当たった。

――ガッッ！

それは護身用の鉄扇のようだ。頸椎《けいつい》に命中して、いきなり痺《しび》れが来て、たたらを踏んだ男の背中に向かって、槍《やり》のように五郎右衛門の刀が伸びていった。

その時、カキン！　と激しく五郎右衛門は刀の峰を叩きつけられた。

ぎりぎりのところで現れたのは、またもや同心の内海だった。

「今日こそは、お話を聞かせて貰いやしょうかね、曽我部五郎右衛門様」

命拾いした頬被りの男は、ヘタヘタと地面を這いずるように逃げようとした。が、一閃、刀を抜き払った内海の刃で、はらりと頬被りが斬り取られた。

「うへえッ」

思わず顔を隠そうとしたが、月明かりに浮かんだのは、なんと玉八であった。覚えのあるオコゼ顔を見た内海は、

「た、玉八……!?　花火小僧は、おまえだったのか？」

隅田川《すみだがわ》の打ち上げ花火の夜だけ現れる盗人だから、そう呼ばれていた。みんな花火に夢中だから、留守が多いし、人の気もそぞろ。その隙に金目のものを戴こうというセコい寸法である。

「ま、待ってくれ旦那。俺は……」

「言い訳は後だ。じっくり絞ってやる」

言いながら、内海は五郎右衛門から、目を離さないで睨みつけていた。

「なぜ、玉八……いや、花火小僧を狙った。この前の鼬小僧のように、腕試しのために殺

すのか？」

「い、鼬小僧を……⁉」

殺したのが目の前の侍だと知って、玉八はぶるっと震えた。

内海は相手の腕を知っている。抵抗されれば一刀両断に斬られることは、火を見るより明らかである。じりっと間合いを取りながら、

「あんたは兄の十郎左衛門との試合が、怖いンじゃねえのか？　だから、丸腰相手に強がってみせてる」

「……………」

「盗人だから殺していい、非道な奴だから成敗していいって話じゃねえンだ」

一瞬、鋭い目になった五郎右衛門との間合いを、内海は広げた。息を飲んで見守っている玉八も思わず後ずさりした。

「聞いた話だが、あんたの兄貴は、よく出来た人物で、門弟からも尊敬の念を集めているらしいじゃねえか。もっとも、近頃は、その兄上さんも、酒や女にうつつをぬかしてるそうだが……ま、それでも、心技体、三拍子揃った武芸者という噂だ。それに比べてあんたは、どっかひん曲がってる。おっと……」

と内海はさらに半歩下がって、「別にあんたを怒らせたい訳じゃない。こんな、ショボ

い盗人を斬るよりも、きちんと兄貴と立ち合ったらどうなんだいッ」

五郎右衛門はハバキをちゃりんと鳴らして、刀を鞘に収めた。だが、まだ油断はならない。気を抜いた途端、斬りかかって来る手合いはよくいる。ましてや、天下に轟《とどろ》く剣術使いだ。一瞬の気の緩みが死を招く。

「そうカッカするな。前にも言ったはずだ。無益な殺生はせぬ」

「だったら、なぜ……」

長い吐息をつくと、五郎右衛門は隅田川の川風に誘われるように通りを戻った。いや、両国橋より下流だから、大川か。同じ川なのに隅田川、宮古川、大川と流域によって呼び名を変えるのは、同じ人間でも色々な面があるのに似ているからか。

「試合を望んでいないのは、兄の方だ」

「どういうことでえ」

内海は刀を収めないいまま、五郎右衛門の背中に訊いた。玉八は隙あらば逃げようとしていたが、

「その花火小僧を問い詰めれば分かる」

と五郎右衛門がキッパリと言った。槍玉に上がった玉八は目を白黒させていたが、図星を指されて観念したのか、項垂《うなだ》れて土手道に座り込んだ。

「さっぱり俺には分からねえが……何の話だ」

内海が詰め寄ると、五郎右衛門は振り返って、木訥《ぼくとつ》とした声で、

「その様子じゃ、どうせ乾虎坤龍の話も、咲花堂に聞いたのであろう。あの二刀が見つからなければ、俺たち兄弟も戦うこともないのだ。守るべき刀がないのだからな……だから兄は、その一対の刀を、何者かに盗ませた」

「そんな……」

「まことなのだ。祇園社から盗んだのは、あの鼬小僧だ。兄に頼まれてな」

意外な言葉に、内海は何と答えてよいのか分からなかった。

「だが、鼬小僧はそれを兄のもとに届けず、闇の骨董商人に売り飛ばした。だから行方不明になっていたのだ。しかし、兄としては、それを表だって探す訳にはいかぬ。鼬小僧を捕らえても、事の真相を喋られれば、天神夢想流を継ぐ者として、恥を世間に晒《さら》すだけでは済まぬ……切腹ものだ」

「なるほど。だから、おまえが兄の代わりに、鼬小僧を探し出して、闇に葬った訳か」

「それもある。それもあるが……」

と言い淀んだ五郎右衛門を、内海は黙って見つめていた。殺気はまったく消えている。

内海はそっと刀を鞘に戻した。

「俺は何としても、乾虎坤龍を探し出して、兄と勝負をしたいのだ……兄が勝負を避けたいのは分かる。俺には敵うわけがないと、自分が一番知っているはずだからだ」

「えらい自信だな……」

「確信だ」

「でも、実の兄を、一寸の業で殺す訳ではあるまい？」

「実のねえ……」

微かに五郎右衛門の口元が歪んだのを、内海は見逃さなかった。一瞬だけ、口ごもったが、きっぱりと五郎右衛門は言った。

「いや、必ず殺す……」

「そんな！」

「でなければ、こっちが殺《や》られる。真剣勝負とはそういうものだ。手心を加えた方が死ぬのは必定なのだ」

五郎右衛門は、まだしゃがみ込んだままの玉八をギラリと見下ろし、

「どこにあるのだ。祇園社の守り刀は」

と穏やかな声で問いかけた。

「へ、へえ……」

「猷善寺を火事にしたのも、兄、十郎左衛門が誰かにさせたことに違いあるまい。その騒ぎに乗じて、おまえが盗んだのであろう？」

「…………」

内海は玉八の胸ぐらをつかみ上げて、乱暴に揺すった。

「そうなのかッ。おまえも一枚、噛《か》んでいたのか!?」

ボカッと殴られて、玉八は情けないくらいに悲鳴をあげて、

「勘弁して下さいよ、旦那。火をつけたのは、あっしじゃありやせんよ！」

「信じられぬな。もし、そうなら、おまえは火炙《ひあぶ》りだ。花火小僧にもって来いの処刑じゃねえか」

「正直に言いますから、正直に……」

逃げ場を失うと、泣き落としにかかるのが、こいつの手らしい。玉八は天地神明に誓って、正直に話すと手を合わせた。

「おまえの天地神明はあてにならぬが、ま、いい。正直に言うんだな。下手なことを喋ると、この曽我部五郎右衛門様に首を刎《は》ねて貰う。俺は高みの見物と洒落るぜ」

「はい、はい」

玉八の話はこうである。

曽我部十郎左衛門は、さる筋を通して、猷善寺に、乾虎坤龍が隠されているのを知った。それを自分の手元に置いておくことが一番だと思い、返還するよう申し入れたが、寺の住職は、

「これは買ったものだから、それなりの誠意を見せて欲しい」

と申し出て来た。

十郎左衛門は千人からの門人を抱える道場主とはいえ、そのような銘刀を買い戻せるような莫大《ばくだい》な金はない。事実、住職は千両という、話にならぬ値をつけた。つまりは、絶対に人手に渡さないと宣言したも同然だ。だから、十郎左衛門は、火事を起こして、その騒ぎに乗じて、玉八に盗ませたのである。

「おめえ、そんな事ばかりやってたのか」

内海は縄をかけようとしたが、玉八は懸命に嫌がって、

「正直に話した上に御用だなんて……旦那、あっしは頼まれただけなんですよ」

「どうせ金で転んだんだろ？　今までだって散々、贓物《ぞうぶつ》を扱う叶屋五郎助の下で働いてたンだろうが」

「し、知ってたんで……」

ハッと口をつぐんだが遅かった。

「ほらみろ。てめえが撒《ま》いた因果と諦《あきら》めて、島送りにでもされるンだな。運がよけりゃ、浮き世に戻ることもできようってもんだ」

「勘弁して下さいよ、旦那……」

縄をビシッと張って、内海が玉八をぐるぐる巻きにすると、五郎右衛門はおもむろに刀を抜いて、その縄をブッと切り落とした。

「な、何をするんだッ」

内海が喚《わめ》いて振り返ると、五郎右衛門はその切っ先を向けて、

「こいつは、しばらく俺に預からせてくれぬか。旦那には迷惑をかけぬ」

「ど、どうするつもりだ……」

「俺は、兄と真剣勝負をしたいだけだ。何が人格者だ……奴は、天神夢想流の当主という誉《ほま》れと金が欲しいだけ。あいつの偽善面を、ひんむいてやるンだッ」

五郎右衛門の実兄への対抗意識、いや、まるで親か師の仇討《あだう》ちをするかと見紛うほど、執念は深く熱いものがあった。

五

咲花堂の綸太郎のもとに、二本の刀が持ち込まれたのは、その日の夜のことだった。乾虎坤龍、一対の守り刀である。

持ち込んで来たのは、兄の十郎左衛門の方であった。

綸太郎は、一瞥《いちべつ》しただけで、

――これや。

と分かった。

十郎左衛門は納得できない顔で、しばらく茫然《ぼうぜん》と綸太郎を見ていたが、

「まこと……本物でござるか」

とずっしりと重々しい声で尋ね直した。

「あなた方が守っていた、祇園社の守り刀ですよ。一目で分かりませんか？」

幼い頃に、一度拝見しただけの一対の刀だが、綸太郎は何十年も離ればなれになっていた、愛する人に再会したような喜びと感激を抱いていた。衝撃のあまり、まさに血が逆流しそうだった。

二本とも、本造りで、鎬筋《しのぎ》が切っ先から茎《なかご》までまっすぐ伸びている、直刀に近い京反りである。その惚れ惚れとする刀の姿をまじまじと見ていた綸太郎は、

「ほれ、まさに乾虎坤龍。それ以外の何モノでもあらしまへん」

と断言した。そして、傍らで見ていた番頭の峰吉に、本阿弥家に文を添えて届けてくれと命じると、

「それには及ばぬ」

と十郎左衛門は拒絶して、「本阿弥家には私から届けて鑑定して戴く……さすがは咲花堂だ。見事な心眼であった」

すぐさま絹の鞘袋に仕舞うと、そそくさと出て行こうとする十郎左衛門を、綸太郎は凜然と呼び止めた。まるで持ち逃げをする不埒《ふらち》者を叱責《しっせき》するような声である。

思わず足を止めた十郎左衛門は、振り返りもせずに、

「鑑定料なら、後ほど支払う故、小石川の道場まで取りに来られい」

と横柄に言うのへ、綸太郎は丁寧に答えた。

「さようなものはいりまへん。しかし、それは弟さんも探していた刀です」

ピクリと首筋だけが振り返ったが、次に綸太郎が何を言い出すか待ちかまえている様子だった。しばらく沈黙が流れてから、

「どうでしょう。もし、よろしければ、勝負の時まで、私に預からせてくれませんか」

綸太郎は内海から、玉八が火事場から盗んだことをすでに聞いていた。玉八はうまく盗んだ二振りの刀を、叶屋を通じて、十郎左衛門に渡したというのだ。

だが、十郎左衛門が、その見立てを咲花堂まで頼みに来るとは考えてもいなかった。直接、本阿弥家まで届けると、恐らくなぜ十郎左衛門が持っているのか、根ほり葉ほり聞かれることになるであろうから、

——ただ、本物である確信を得たい。

というだけで、綸太郎の目に賭《か》けたのであろう。

「なんなら、刀装具をすべて取り外して、茎に刻まれた銘も本物かどうか、見せて進ぜましょうか？」

「五郎右衛門も来たと言うたな？」

十郎左衛門は訝《いぶか》しげに振り返った。

「はい。あなたと雌雄《しゆう》を決するためには、この一対の守り刀を使ってやらなければ、ならぬそうな」

「下らぬ……それは昔のしきたりだ」

「そうなのですか？」

「そうだ。だから、兄弟で斬り合う必要などない。もし、また訪ねて来るようなことがあらば、伝言を頼む。勝負をしたいのなら、いつでも受けて立ってやるが、陰でこそこそと動くな、とな」

「陰でこそこそしているのは、あなたの方ではございませんか？」

「…………」

「祇園社の守り刀を盗ませて、我が物にしているのは、あなたでしょう」

「我が物にするとは無礼千万」

と十郎左衛門は、さすがに誇りを傷つけられたのか、キッと綸太郎を睨みつけ、鋭い目つきで見下ろした。峰吉は腰を浮かせて、いつでも逃げられる姿勢になっている。

「弟に何を吹き込まれたか知らぬが、道場の跡取りはこの私なのだ。勝負もヘッタクレもない。そして、天神夢想流の当主だけが、この一対の銘刀を守ることができるのだ」

「さようで」

「咲花堂。おまえさんの目利きは一流だとは認めるが、人を見る目は少々、足りなさそうだな。ま、まだまだ若いから致し方ないが」

綸太郎は至らぬことでと頭を下げて、

「ですが十郎左衛門様……これは単に噂ですが、先代は遺言を残しておられて、三回忌の折に、乾虎坤龍にて勝負をし、勝った方が正式な宗家当主になるとか」

「誰がそのような……」

「うちの父が、先代とは親戚のようなつきあいをさせて貰っていたのは、十郎左衛門様もご存じなのでは？」

「………」

「それに……」

「それに何だ？」

「五郎右衛門様は、私のことをよく覚えて下さってましたが、あなた様は前に会ったことを、どうやら覚えてくれてないらしい」

十郎左衛門はまじまじと穿《うが》つように綸太郎の顔を見たが、一向に思い出せない様子で、憤然となって、

「弟と何を企んでおるのか知らぬが、あまり妙な事をすると、後で面倒なことになるぞ。咲花堂。たかが目利きの癖に、武家のことに出しゃばるものではない。よいな」

「ほう、そんなに弟が怖いんどすか」

綸太郎が挑発するような目になると、峰吉は、これ若旦那、と慌てて肩を叩いた。十郎左衛門は武芸者とは思えぬような、底意地の悪そうな顔になって口元を歪めると、

「ああ、怖ぃね。あんなバカで、力任せでしか剣を扱えぬ奴に、天神夢想流の看板を譲るくらぃなら、叩き割ってドブに捨てた方がましだわぃッ」

険悪な空気が張りつめた時、ガラリと格子戸を開けて、松嶋屋の隠居が杖《つえ》を突きながら入って来た。

「これは、これは、ムソウ先生」

「ムソウ先生？」

綸太郎が怪訝《けげん》に見やると、松嶋屋はカラコロと笑いながら、

「夢想うの夢想と、天下無双を賭けておるのだ、はは。もちろん十郎左衛門様は、天下無双先生ですよ」

と、まるでヨイショをするように、十郎左衛門に近づいた。以前から顔見知りのようで、お互いに微笑み合うと、

「やはり、これは乾虎坤龍に間違いはありませんでしたか……」

「そのようだ」

どうやら、綸太郎に目利きを頼めと言ったのは、松嶋屋らしかった。銘刀を見たいという願いも叶うとみえ、松嶋屋は喉を鳴らしながら、揉み手になって十郎左衛門の手を引いた。

「では、見つかったお祝いにどうです？　今宵は芸者でも揚げて」

「ほう。よい趣向だな。参ろう参ろう」

十郎左衛門は鞘袋に収めた二刀を小脇に抱えるようにして、店から出て、そのまま神楽坂から露地へ入ろうとした。そのとき、その足が、慄然《りつぜん》となって止まった。

目の前には、五郎右衛門が背筋を伸ばして立っている。殊更、身構えてはいないが、十郎左衛門の方は、少々、おどおどとしているようにも見えた。沈黙が落ちたが、二人の視線は、吸い付いたように離れなかった。

「花のお江戸はどうじゃ？」

兄の方が口を切った。

十郎左衛門は、京の道場を出て、江戸の道場に稽古をつけに来ているのはいいが、どうも江戸の陽気に毒されたらしい。修行修行で嫁も取らず、まっすぐに剣に生きて来ただけに、江戸暮らしでタガが緩んだのか、放蕩三昧《ほうとうざんまい》の暮らしぶりだったという。

もちろん、薄々、門弟たちも勘づいていた。博打場にも時々出入りしているし、吉原《よしわら》通いも癖になっているようだ。

「兄者《あにじゃ》。俺は聖人君子たれとは言わぬ。だが、門弟に心配される師範など、クソみたいなものだとは思わぬか」

「説教か……」

「そんなことをして改めるあんたでもあるまい」

「兄に向かって、あんた呼ばわりするか」

「今まで、兄などと思ったことはない」

「貴様ッ……」

十郎左衛門の方が先に感情を露わにした。やはり武芸者として忍耐や努力が足らないとみえる。綸太郎は端で見ていて、そう感じた。

「五郎右衛門、貴様ッ。実の兄に向かって、なんだその態度は！」

「実の兄だと？　片腹痛い。たしかに、親父は同じだが、母親は違う」

――そうだったのか……。

綸太郎は初めて知った。

十郎左衛門の母親は、まだ二つの頃に、病で亡くなった。つまり、五郎右衛門は、父の後妻の子供である。

「子供の頃から、俺の方が学問でも剣術でも才覚が上だった……」

と五郎右衛門は、まるで百年前の恨み言を蒸し返すように吐き出した。

「だが、俺の母親は、父上に遠慮していたのであろう。俺よりも、兄者、あんたを可愛がった。自分が腹を痛めた子でもないのにな」

「………」

「いつも父はこう言ってた。五郎右衛門は、兄の半分、十郎左衛門の方が、五郎右衛門より格が上。兄を立て、何事も兄の言うことを聞いて従うのだぞ、とな」

封建制度の中では、やむを得ないことかもしれぬ。だが、誰が見ても、剣術家として格上の五郎右衛門にしてみれば、ヘナチョコでしかない兄を立てることが、どうにも我慢ができなかったのである。

「そうだったかのう、五郎」

「惚《とぼ》けるなッ。ま、よい……昔話をしても詮《せん》無いこと……もう訳は聞かぬ。その乾虎坤龍が見つかった限りは、勝負をせざるを得まい。これ以上、逃げると言うのなら、今ここで斬ってもよいぞ」

「たわけ！」

十郎左衛門は精一杯、見栄を張りたかったのか、大声をあげた。

「おまえが好きな方を選んで持って行け。虎でも龍でも。勝負は、いつでも受けてやるから、覚悟してかかって来い」

「おう、その言葉を待っていた。今度こそ、逃げるなよ」

実は、父親が亡くなった直後に、一触即発の事態があった。父親の遺言に納得できず、五郎右衛門は〝真剣勝負〟を持ち出したのだが、十郎左衛門はのらりくらりと矛先をかわしていたのだ。

「間もなく三回忌……その時に勝負を避けたいがため、こやつを使って、その一対の守り刀を……」

と後ろに隠れるようにいた玉八を、引きずり出して来た。玉八は頭を掻きながら、バツが悪そうに突っ立っていた。

「どうだ、兄者。言い訳はできまい」

十郎左衛門は悔《くや》しそうに唇を嚙んでいたが、

「おのれ……かくなる上は……構わぬ、好きな方を取れ」

「いずれもいらぬ」

毅然と言い放った五郎右衛門を、十郎左衛門は不思議そうな顔で見やった。

「どういうことだ」

「虎と龍は、まさに五分と五分。そんな銘刀を使わずとも、俺はどちらでも倒せる」

と腰の刀をポンと叩いた。弘法筆を択《えら》ばずと言いたいのであろう。

「しかも、これは咲花堂、お墨付だ」

「…………」

「分かるか、兄者。何代か前にも似たような争いがあったそうな。まるで本阿弥家と咲花堂の〝身代わり戦〟のようにな。だが、今度は違う。俺とおまえの、真剣勝負、だ」

「よかろう……」

十郎左衛門は頷いて、「果たし合いの日時は追って知らせる。今宵は……ドンチャン、騒ぐことにするか、ははは。そうじゃ、桃路も呼べ、桃路も！」

浮かれて踊るように、松嶋屋とともに露地に消えて行った。

「念を押す！　逃げるなよ！」

五郎右衛門はそう声をかけたが、綸太郎はどこか腑に落ちなかった。骨董の世界では、紛い物を見たときに、「腹に入らない」というが、それに似た殺伐《さつばつ》とした感覚に囚《とら》われていた。

「用件が済んだのなら」

玉八は、そそくさと立ち去ろうとしたが、首根っこをつかんだ綸太郎は、

「男芸者になれ。幇間《たいこもち》、や」

と唐突に言った。

「は？　何をおっしゃいますやら」

　ふざけた言い草で逃げようとするのへ、

「桃路について、しっかりと幇間の修業を積めば、花火小僧のことは闇に葬る」

「なんで、若旦那がそんな……」

「葬る特権が俺にはあるのや。咲花堂をナメるんやないぞ。贋作や贓物を扱う奴は、問答無用で斬り捨て御免や」

「うそ……」

「ええな。まっとうな道を歩くのや。まっすぐな者だけが本当の幸せをつかめる。それとも、三尺高い所へ行くか？」

「やります……やりゃあいいんでしょ」

　玉八が笑って膝を叩くのへ、

「いい加減で、適当な奴やなあ」

　と綸太郎は呆《あき》れ顔をした。

「あれ？　旦那、意外と物事を知らないんだねえ。いい加減は、好い加減。適当は、ほどよいってこと。これ、仏様の言葉だぜ」

「ならば、適当で、いい加減に、頑張るのやな。ええな」

六

その夜は、桃路も呼ばれて、一晩中、ドンチャン騒ぎをし、晴れて玉八も幇間として初座敷を踏んだ。

一生懸命やらねば、咲花堂に殺されるのは嘘だとしても、同心の内海に引っ張られるのは確実だ。元泥棒って種族は、処刑を免《まぬが》れる代わりに、お上の言いなりに利用されることが多々ある。

——俺も、そうなるのかなあ。

と玉八は不安だったが、元々、芸事が好きで桃路の客引きをしていたような男である。芸というほどのことは何もできないが、ひょっとこ踊りやドジョウ掬《すく》い、それから箸を鼻やケツの穴に突っ込んで踊って、人様からお捻《ひね》りを貰う快感は覚えたようだった。

松嶋屋と一緒に大騒ぎをしていた十郎左衛門だが、いつも陽気に飲んだり歌ったりしていた人が、この夜だけは途中から、沈んだように黙りこくったという。周りの者たちは、

「いよいよ、弟に斬られて、おしまいか」

と気を遣っていたようだが、金の切れ目が縁の切れ目ともいう。凋落《ちょうらく》の予感がしたの

か、座敷に招かれた人たちは誰もが、これが最後のドンチャン騒ぎであろうと、思っていた。

勝負は、その五日後に、小石川播磨坂の道場にて執り行われることが決まった。

立会人は、一橋家家老、柳生新陰流牛込道場主、本阿弥十二家筆頭ら数人に加えて、綸太郎も選ばれた。

――気が重いな。

というのが正直なところだったが、本阿弥本家からのたっての要望だった。五郎右衛門は、綸太郎が〝お墨付〟を出した刀で、祇園社の守り刀と対決するからである。

試合の前夜である。

桃路がほろ酔い加減で、咲花堂裏手の柴垣を跨《また》いで入って来ようとしていた。物音に気づいた峰吉が二階から見て、綸太郎を起こしたのだが、

「なんや、またあんな真似を……ほんま、東女は、はしたないなあ」

と呆れるだけで叱ろうとしない。京女では考えもつかぬことをするものだと、綸太郎は笑っているが、峰吉には堪《た》えられなかった。

「東女だからではありまへん。あの桃路がオカシいんです」

綸太郎は屋敷に招き入れて、

「どうした。こんなに遅く……」

「旦那。あたしさ……」

桃路はいつもと違って、しおらしい女っぽい仕草で、綸太郎に寄りかかってきた。座敷の帰りなので、少し化粧が崩れて、目もとろんとしているが、意識だけはしっかりしているようだった。

だが、峰吉から見れば、まるで夜這いのような痴態でしかない。大切な若旦那を誘惑するつもりだと気が気でなかった。

「峰吉、水を持って来てやれ」

「私がですか」

「そんなイケズな顔をするな。さ、早く」

綸太郎は弱々しく震える桃路の肩をそっと抱いて、

「どうした。何かあったのか？　話したいことがあるなら、聞いてやるから、ほら……楽にしたらええ」

着物を少し緩めているところへ、峰吉が戻って来て、ワッと大仰な声をあげる。綸太郎はそれを無視して、湯呑《ゆの》みの水を少し桃路の口に含ませてやると、ほっと溜息をついて、

「若旦那……明日の試合、止めることはできないの？」

「うむ。俺の出る幕ではない」

「だって、幾ら母親が違うって、実の兄弟が真剣で斬り合うなんてこと、どうしてできるの？　私には分からない」

「それが武に生きる者の道やろ」

「でもね、武道の武の文字は、二つの矛を止めると書くと誰かに聞いたことがある。これじゃ止めるどころか、争いをするだけじゃないの。殺し合うだけじゃないの」

「そりゃそうだが……武門の心は俺たちの考えを超えたところにあるんだろう。それに……」

「なあに？」

「甘い考えかもしれへんが、俺は弟、五郎右衛門は必ず、寸止めで勝つと思う……殺しはしないと思う」

　綸太郎は思い出していた。初めて、店の前に立った時の、五郎右衛門の佇まいを。あの凜と堂々とした姿には、何の嘘も、疚《やま》しいものも感じられなかった。

　しかし、先日、見た兄、十郎左衛門には、何処か虚飾を感じた。真実がなかった。

　――骨董にたとえれば、弟は本物で、兄は贋作、というところか。

しかし、物と違って、人は嘘をつく。本当の姿を見せないことがある。いや、むしろ、偽りの方が多いかもしれない。その偽りが、真実を語っていることもある。さほどに、人は難しい。

「何を考えてるンですか、旦那……眉間に皺《しわ》なんか寄せちゃってさ。だったら、止めて下さいな。私、弟は知らないけど、兄の方は何度か座敷に呼んでくれたから、よく分かる」

「ん……？」

「十郎左衛門様はいつも楽しんでいなかった。そりゃ、大笑いして、大酒飲んで、芸者たちをからかって、なんと腑抜けた道場主さんと思ったけれど、心底、楽しんでいなかった。それだけは分かったンだ……」

「……そうなのか？」

「そりゃそうよ。こっちは芸者だよ。心底、楽しんでる人と、そうでない人は、一目で分かるわよ」

「心底、な……」

綸太郎にはそれが何を意味するか分からなかったが、

——本当に斬り合いをしてよいのか。桃路の言うとおり、止めた方がよいのか。

と迷った。しかし、綸太郎の心配など関わりなく、真剣勝負の当日は来た。

天神夢想流小石川道場は、まるで葬儀の最中のように重苦しい空気が沈んでおり、正装して揃った立会人や参列した見物人と道場生たちは、固唾《かたず》を飲んで見守っていた。

立会人は公平な目で平静を保っているが、道場生、とりわけ師範、師範代など各道場の幹部たちは、

――五郎右衛門に軍配が挙がって欲しい。

と願っているように見えた。

たしかに、先代が亡くなった当初こそ、東奔西走して、それまで分裂しかかっていた道場幹部や離反しそうな道場生たちを説得して回っていたが、いよいよ一枚岩になって、昔のように隆盛を極めようかという段になって、この兄弟の争いである。

しかも、原因が十郎左衛門の鍛錬不足とタガが緩んでの放蕩《ほうとう》となれば、またぞろ門下生が離反しそうなのは当然である。

兄が天神夢想流の継承者という権威の上に胡座《あぐら》をかき、だらしなく過ごしている間に、弟は諸藩の剣術指南や町道場破りなどをして、冷や飯を食べながらも腕を磨いてきた。

その差は、間もなく対戦する二人の、襷《たすき》掛けをして精神統一をしている姿を見比べるだけでも、どちらが優位か明らかだった。

「だが、五郎殿は油断してはならぬぞ」

「うむ……十郎殿はああ見えて姑息《こそく》な手段を取るゆえな」

「ああ、真剣勝負なら尚更だ」

「どんな仕掛けを施してるやもしれぬ」

「卑怯《ひきょう》な手段を使うてもよいと、立会人は認めている」

「それもまた生き残るための武道ゆえな」

ひそひそとそんな声が師範らの中で洩れていたが、立会人らが叱責するような厳しい目を向けると、一同、緊張して口を閉じた。

兄・十郎左衛門と、弟・五郎右衛門は、それぞれ刀を腰に差して、正面の神棚に礼をした後、左右に分かれて対峙した。キリリと結んだ鉢巻きと襷掛けには気合が漲《みなぎ》っていた。

五郎右衛門は言うに及ばず、十郎左衛門も普段のふやけた顔ではなく、まさに戦陣に向かう荒武者の如く険しい眼光を放っていた。

「始めい！」

立会人が裂帛《れっぱく》の声を発すると、兄は素早く刀を抜き払った。乾虎の太刀である。

それに対して、弟の方は腰の無銘の刀に手をあてがいもせず、ジリジリと自分の間合いを取るべく、爪先を微妙に動かしている。

二人とも腹の深い所で息をしているため、胸の動きはほとんどない。サッと青眼に構えた兄の切っ先は鋭く、相手の人中を見据えるように向かっている。だが、弟はだらりと手を垂らしたままで、微かに左に右に揺れているだけに見える。

——凄い……。

立会席の末席で見ていた綸太郎は、まさに一寸勝負になるであろうと感じ、鳥肌が立っていた。門下生も同じような殺気に痺れているに違いない。明らかに、いつもの道場主とは別人だと、思い始めていた。

静かに、弟の体が止まった。

次の瞬間である。

「キエーイ！」

道場中の壁が落ちてしまう程の気合とともに、兄の右足が宙に浮いていた。乾虎の太い切っ先が、まさに竹藪に潜んでいた虎が、激しい勢いで飛び出したかのように、弟に襲いかかった。

七

「うりゃあ！」

猛烈な早さで、強靭な兄の刃が、弟の鳩尾《みぞおち》を目がけて突き出された。まるで一本の槍のように真っ直ぐ、淀みなく貫いた。

——ふっ。

次の瞬間、弟はわずかに左足をずらして体をかわし、敵に背中を向けるように回転しながら、目にも留まらぬ早さで抜刀した。

「あっ！」

刀が描いた円弧は、そのまま兄の首の後ろを払った、かのように見えた。

だが、兄は敵の鳩尾を突き損ねた瞬間に身を沈めており、同時に自分も半弧を描きながら、弟の足を払った。弟もその動きを見抜いていたかのように、鮮やかに跳びはねると、間合いを取って着地し、下段に構えた。

兄の剣は弟が体勢を立て直す間もなく、上段から袈裟懸けに振り下ろされたが、弟は跳ね上げた刀の峰で、かろうじて打ち返した。

ガキッと鈍い音がした。その激音に弾かれるように二人は跳びすさり、お互いに青眼に構えて相手を睨み据えた。

ほんの一拍の出来事だったが、二人の額や背中にはびっしょり汗が流れているのが感じ取れる。

「十郎左衛門もなかなかやるよのう」

という声が、洩れ聞こえそうであった。

並の剣術使いならば、既にどちらかが負傷しているはずだった。立会人の顔にも異様な緊張が溢《あふ》れている。このままでは本当に殺し合いになるやもしれぬ。どこで、「やめ」をかければよいか、見定めるのが難しいという面持ちで凝視していた。

腕はほとんど互角に見えた。

だが、立会人の中でも、柳生新陰流の達人だけは、

――勝負あった。

と見抜いているかのようだった。

分は弟にある。その足さばき、体さばき、微かな呼吸、間合い、鍛えた筋肉、敏捷《びんしょう》性、精神力……どれを取っても一枚上だ。そう感じているのは、目の動きを見れば分かる。綸太郎はその立会人の武芸者の〝目つけ〟から、そう察した。

しかし、真剣勝負は一瞬の差、一寸の違いで決まる。汗で足が滑っただけ、手首を返すのが一瞬遅れただけ、で命を落とすのだ。

どれほどの時、お互いを見合ったまま、静止していたであろうか。

道場の外の竹藪の笹音が、格子窓を通して、秋風とともに忍び込み、陽射しもキラキラと流れて来る。まるで光の玉が転がるように床を這っていた。

二人の動きはピタリと止まったまま、微動だにしなかった。

——これか……これが、内海の旦那が言っていた、一寸の勝負かもしれへん。

綸太郎は見ているだけで、息苦しくなってきた。緊張が高まって、プッンと張りつめた糸が切れた音がしたような気がした。

次の瞬間——。

ほんの微かに、まさに見えるか見えないかほど弟の足の指先が動いた、その瞬間、五郎右衛門の剣先が、兄の喉元を貫くように伸びて行った。

「うぎゃあッ！」

兄の十郎左衛門は、背中からドタリと倒れながらも、刀を薙《な》ぎ払ったが、弟はひらりと後ろに飛んで、太刀をかわした。

ビュッと兄の額から血が噴き出した。真っ赤な鮮血が、床を濡らした。

「ま、参った！　か、勘弁してくれ！　参った！　こ、こ、殺さないでくれえ！」

無様に刀を投げ出した兄は、土下座をしてザックリと切れた傷口を擦《こす》りつけるように命乞《ご》いをした。その哀れな姿を見た弟が、

「笑止千万！　それでも武芸者か！　恥を知れい！」

と刀を打ち落とそうとしたその時、

「やめ！　勝負あった！」

立会人の一橋家家老が声をかけた。

五郎右衛門がピクリと手を止めた。その瞬間、道場師範や師範代がダッと駆け出し、五郎右衛門と十郎左衛門の間に、身を挺《てい》して入り込んだ。兄が卑怯な手段を使って、勝負に「やめ」がかかった瞬間に、斬りかかることを懸念したためだ。

十郎左衛門も、門下生たちの行動の真意が分かったのであろう。

「情けない……わしは情けない……」

悔しそうに立ち上がり、

「御免！」

と一言だけ発して、神棚と立会人に礼をすると、そのまま逃げるように立ち去った。

立会人や見物人の間に張りつめていた緊張がどっととけたが、綸太郎のまなざしだけは

なぜか、険しく輝いていた。

晴れて天神夢想流宗家の当主になった五郎右衛門は、師範らと協議の上、新たな組織作りをし、稽古の体系も見直した。

兄弟の確執はあったものの、それがかえって〝真剣勝負〟の剣術家だと評判になり、江戸市中にも稽古場が増え、五郎右衛門自身も徳川御一門や大藩の剣術指南役として、禄を食《は》むこととなった。

そして、乾虎坤龍は、本阿弥家を通して祇園社に戻された。

一方、十郎左衛門はしばらく姿を消して、〝本所のらかんさん〟こと羅漢寺の近くにある庵《いおり》で侘《わび》住まいをしていたが、これを契機に京の山城の親戚の所へ引っ込むことを決意したという。

そのことを桃路から聞いた綸太郎は、間もなく旅立つという晴れた日に、ぶらりと訪ねてみた。

十郎左衛門は、立会人の一人だった綸太郎に、

「きちんと御礼もせず、逃げ出すような情けない態度……本当に申し訳ありませんでした。ありがとうございました」

と丁寧に謝った。

その額にはまだ生々しい傷の縫い痕《あと》が残っている。二寸ほどあろうか。

「ああ、これですね……」

綸太郎があまりにも見るので、照れ臭そうにひょいと傷を叩いてから、「名誉の傷ですよ。今や天下に轟く曽我部五郎右衛門と、五分に渡り合って受けた傷ですからね」

「五分……」

「はは、負けたから五分じゃありませんがね」

自分を茶化すように笑う顔は、いつぞや乾虎坤龍を咲花堂に持って来た時とは違う、爽やかな顔をしていた。

「本当に、これでいいのですか？」

と綸太郎が尋ねると、十郎左衛門は穏やかな顔を向けた。

「何がですか？」

「弟さんに、わざと負けたことがですよ」

「わざとオ!?」

大袈裟に驚く十郎左衛門に構わず、綸太郎は続けた。

「ええ、わざとです。私は剣術の素人ですから、よく分かりませんが、これでも浅山一伝流を少々嗜《たしな》んだ者です。いわば天神夢想流と同じ、戦国の実戦剣法です」

「はい。そうですな」

「その目から見れば、五郎右衛門様……弟さんの最後の一寸の一撃……あれは失敗です。あなたの喉元を突いていなければ、ならなかったはず。それを、あなたは一瞬にして見抜いて背中を反らし、眉間を犠牲にしただけで済んだ」

十郎左衛門の目が少しだけ曇った。

「そうでございましょう？　あの後、あなたは倒れながら足払いをしたが、その気になれば、下から突き上げて、弟さんの股間か脇腹を斬りつけられたはずだ。なのに刀を放り出して命乞いをした……あれは、嘘です。あなたが、毎日のように芸者遊びをしていたのと同じように……嘘です」

「…………」

「桃路は心底、楽しんでいなかった……そう言ってたもんでね、分かったんです」

十郎左衛門は小さく頭を下げてから、

「若旦那。そりゃ買い被りだ。私は本当に怖かったンだ。次の瞬間は殺される。そう思ったら、怖くなって、刀を投げ出したんだ。芝居なんかじゃない」

「でも、あなたは、弟さんの知らない所で、屋台骨が崩れかけた道場のために、一枚岩になるようにと、色々な所に頭を下げて回った。それは、いつか弟に明け渡す。そのつもりだったからじゃないのですか？」

じっと見つめる綸太郎に、十郎左衛門は、もう一度、穏やかに微笑んで、

「若旦那には敵いませせぬな……たしかに、天神夢想流の道場は、父親の代に色々と、道場同士のいがみあいやら、銭金のことで揉め事がありましたからな。でも、とどのつまりは、弟のような本当に才覚のあるものが、一番頭になりさえすれば、皆が納得する」

「………」

「でも、奴は十五の頃から、ひねくれましてな、ここが……」

と胸の辺りを指した。

「実の母親が、なぜ、血の繋がらない私の方ばかり可愛がるのだ……それが元でした。でも、そんな歪んだ気持ちのままでは到底、千人もの門下生を指導などできませせぬ。ですから私は……」

「弟が本気で修行をして、本気で天神夢想流を引き継ぐことを志すために、駄目な兄を演じたのですね」

「いいえ。ですから、そういう訳ではない。こっちだって本気で殺す気で向かったのですからね。いや、本当に……」

綸太郎は十郎左衛門が何かを言おうとするのを制して、

「もっと楽になりましょう。私、誰にも話すつもりはありまへんから」

「…………」

「本当に、これでいいんですね」

「ああ。いいんです。これが一番……今の五郎右衛門なら、間違いない」

十郎左衛門は実にさばさばしている。

「だったら、江戸を離れる前に如何です」

「え？」

「桃路を座敷に呼んで一献、私の奢《おご》りですよ。アホな幇間もおりますから」

綸太郎が誘うと、

「いいですなあ」

と十郎左衛門は微笑み返した。

――今宵は心底から楽しめるに違いない。

綸太郎はそう感じていた。

第三話　かげろうの女

一

善國寺の裏参道の入り口に、ひっそりと小さな鳥居があって、その奥につがいの白狐が祭られている。

狛犬《こまいぬ》のように仲良く向かい合っているが、一方は頬被りをして紅をさしている。誰が名づけたか、『夫婦稲荷《めおといなり》』という。

上条綸太郎と番頭の峰吉は、まだろくに客の来ない咲花堂の先行きを祈って、たんまり賽銭を投げ込んで柏手《かしわで》を打った。

「京の本店に負けぬよう繁盛しますように、あんじょう、よろしゅう頼みます」

念仏のように峰吉が唱えてから、鳥居に戻ろうとすると、通りすがりのどこぞの商家の女将《おかみ》風がくすりと笑った。

「なんや、人の顔見て笑うとは……ほんまに江戸っちゅう所は、おげれつでございますなア、若旦那」

「ま、たしかにな、何が可笑《おか》しいのか」

綸太郎も呟きながら、小さな祠《ほこら》の傍らを見ると、幾つもの茶碗がうつ伏せに置かれている。並の数ではない。

「そういや、さっきすれ違った男と女二人連れは、ここに何やら書いてたな」

と茶碗を取って見ると、男茶碗の裏底には、「共白髪まで」と墨書されてあった。だが、女茶碗の方には、「三日月夜」と記されている。

「なんだろうな、峰吉」

「これこれ。そんな人様が願掛けに書いたものを見るもんではありまへん」

「願掛け」

「絵馬の代わりでっしゃろ」

たしかに、ほとんどが、「共白髪まで」とか「末永く」とか「孫を見るまで」とか、夫婦して長寿を願うような文言が並んでいる。なるほど、だから『夫婦稲荷』と呼ばれているのかもしれぬ、と綸太郎は思った。

「てことは……俺たちが並んで柏手を打ってたのを見て、男色とでも思われたか」

と綸太郎が笑うと、峰吉は悪い冗談はよしなされと嫌そうに顔をそむけて、

「ゲッ。私にはそんなナニは……」

「そんなしわくちゃなツラせずとも。気色悪いのはこっちだ。それにしても、三日月夜、というのは、ちと気になるな」

独り言を洩らして、神楽坂に戻りながら、さっきすれ違った男女の顔を思い出していた。男はいかにも誠実そうな若侍で、一緒にいた武家娘は常に三歩下がって男を立てるような従順な女に見えた。何処にでも見かける二人連れであったが、そうではないことはすぐに分かった。

表通りに出る前の鉤形の露地で、ふいに叫び声が起こった。女の悲鳴だ。同時に、カキンと刃物を交える音もする。

露地に飛び込んだ綸太郎は、今しがた夫婦稲荷ですれ違った若侍と武家娘が、三人の浪人者に囲まれているのを見た。

いずれも無精髭の浪人は必殺の構えで切っ先を向けている。対する若侍は腰が引けて、柄の握りも甘い。懸命に娘を庇《かば》っているつもりだが、このままでは二人とも斬られてしまう。

「待て待て。お天道様が高いってのに物騒な奴らやな」

綸太郎が声をかけると、浪人の一人がチラリと目線を投げて、

「関わりなき奴は余計な口出しをするなッ」

「そう言われてもねえ。同じ夫婦稲荷で袖振り合うた仲や。手助けさせて貰いますよ」

「しゃらくせえ！　てめえも血祭りに上げてやる！」

浪人は過剰なまでの凄みのある顔つきになって、刀を振りかざした。丸腰の綸太郎に向かって、ビュンと勢いよく打ち下ろして来たが、わずかに届かぬ間合いだった。

本気で斬る気ではないらしい。威嚇だと察した綸太郎は、

――ならば怪我《けが》をさせることもない。

と素早く相手の刀を小手投げで奪い取ると、他の浪人二人の刀を強く弾き落とした。町人の綸太郎は脅されて逃げると思っていたのであろう。一瞬の出来事に浪人たちは驚嘆し、まるで泡を吹くように逃げて行った。

「ありがとうございます」

まだ膝が震えているのか、若侍は鞘に刀を戻す手も震えて思うように扱えない。綸太郎が手を貸して、やっと納刀した。

「せ、拙者……御家人で、榊亥三郎《さかきいさぶろう》と申す……半年前まで、蔵奉行支配、浅草《あさくさ》御蔵門番同心をしておりましたが、今は無役でござる」

と実に自信なさげに名乗った。同伴の武家娘は、沼津《ぬまづ》藩の江戸家老の娘で、芳乃《よしの》というらしい。

「ほう。無役の御家人と大名の重職の娘さんとの逢引ですか。これはまた、なんとも風流でございますな」

「あ、いえ、そんな……」

「しかし、あのような無頼の浪人に狙われるとは、仔細があるようですな。宜しければ、すぐそこの骨董屋です」

私の店で休んでいかれては如何ですか。あの手合いはしつこいですからな。私は、すぐそこの骨董屋です」

「そ、そうでしたか……」

若侍は己の不甲斐《ふがい》なさを連れの女に見られた気がして、少しへこんでいるようだったが、娘の方はまったく気にしている様子はない。

むしろ、若侍を慰めるような仕草で、怪我はないかと案じているほどであった。その白い肌の女の横顔を見ながら、綸太郎は、

——肝が据わっているのか。それとも鈍いのか。

と感じていた。まだ祝言前のようだが、二人が一緒になると、女房が夫を敷く類だなと微笑んだ。

咲花堂の店内に入った芳乃の目がきらりと輝いた。整然とした店内に陳列されている壺や茶器、刀剣、掛け軸、細工物などを珍しそうに眺めて、深い溜息をついた。

「さすがは咲花堂さん……どれもこれも逸品揃いですね……」

芳乃が興味津々のまなざしに揺れるのへ、

「うちの店の名を知っとおいやすか？」

と番頭の峰吉は俄《にわか》に商人《あきんど》の顔つきになった。相手は沼津藩の江戸家老の娘だ。それなりに目も利くだろうから、気に入れば金に糸目をつけずに買ってくれるに違いないとでも思ったようだ。

「あれもこれも、お二人の門出に相応しいもんでっせ。目がな一日眺めていても飽きるということがありませんのや」

古備前や信楽の壺を披露して、芳乃の柔らかな手に触れさせたりしたが、夷三郎の方はまったく関心がなさそうに床ばかりを見ていた。その姿がまた情けない。

「どうしたのです。夫婦稲荷に参って茶碗に祈願を書いたばかりではないですか。なんだか元気がありませんな」

綸太郎が水を向けると、夷三郎は力なく頷いてから、口ごもるように言った。

「実は夫婦になるのを、芳乃様の親族一党に反対されているのです」

「まあ、それは身分の差、というのもあるんでしょうねえ」

と綸太郎は同情の目になったが、「でも、当人同士の絆が強ければ、なんとでもなりますよ。殊に、榊様でしたか、あなたの気持ちが大切なのではないんですか」

二人が出逢ったのは、まだ十日程前のことだが、一瞬にして恋に落ちたのだという。浅草寺の縁日での出来事だった。めったに町場に出ることのできない芳乃が、屋台で買い求めたみたらし団子のタレで、すれ違った夷三郎の着物を過《あやま》って汚してしまったのが縁だ。

たしかに芳乃は、すれ違った男が振り返るような美形の娘である。それに比べて、夷三郎の方は贔屓目《ひいきめ》に見ても男前とは言えない。どちらかというと、グズの典型のような覇気のない姿だ。しかも、公儀の御役目を御免になって半年も家禄だけで暮らしているとなると、相手は家老の娘である、反対されてもやむを得まい。

綸太郎が、骨董に見入っている芳乃を振り返ると、その重いまなざしに気づいたのか、

「あなたも、どうして私が夷三郎様を？　と思ってるのですね」

と挑発するような口元になった。よく見ると、色白でしとやかなだけの娘ではなく、気丈そうな顔だちだ。

「骨董の目利きの方は、一瞬にして真贋が分かるといいますね」

「ええ」

「初めて見る茶器や壺でも、本当にいいものかどうかも、長々見るのではなくてサッと一瞥しただけで、腑に落ちるって聞いたことがあります」

「そのとおりです」

「恋も同じだと思います。理屈なんぞないんです。どうして、この人の事をこんなに好き

になったのか、自分にはよく分かってます。でも人様にあれこれ説明ができるものではありません……私のここでしか分からないものかもしれません」

と芳乃は、艶やかな友禅を端然と締めている帯のあたりを叩いた。

綸太郎は納得したように頷いたが、偽物を見せられた時に目利きがよく使う「腹に入らない」という言葉も脳裡を過った。それこそ説明ができないが、

――偽物である。

と何となく分かるのである。虫の知らせに似た感覚だ。むろん、芳乃が人間として偽物というわけではない。不思議なもので、同じ悪さをしても、心底の悪党とそうでない者がいる。芳乃には何処か嘘を感じるが、性根の悪さはないと言えようか。

綸太郎がそう見抜いたのを察知したかのように、芳乃はくすりと意味なく微笑んで、襟元をまっすぐに伸ばす手つきをして、

「さっきの浪人たちは、私たちを引き離すために雇われたに違いありません」

「どうして、そう？」

訝しげに見やる綸太郎に、芳乃はあっさり応《こた》えた。

「私の父はそういう人なのです。自分の手は一切汚さず、何事も己の思うがままにしようとします。でも私は諦めませんよ、夷三郎様。あなたと一緒になれるなら、何でもするつ

もりです」

凛《りん》とした張りのある声で言われた夷三郎は、照れ臭そうに頭を掻いた。そんな二人を眺めながらも、綸太郎は、夫婦稲荷の女茶碗の裏に書いた「三日月夜」という芳乃の言葉が妙に引っかかっていた。

二

それから三日ほどして、夷三郎が転がり込むように咲花堂を訪ねて来た。

「だ、騙されました……」

奈落の底に突き落とされたような青ざめた顔で泣き崩れるのを、綸太郎はやっとこさ座らせて事情を聞いた。

「あの女は騙《かた》りだった」

「えっ……」

綸太郎は驚いてみせたが、やはりな、という思いもあった。どこか嘘がある女ということは間違いがなかったようだ。

芳乃は、その名さえ本物かどうか分からないが、峰吉に見せられた茶碗や皿、壺など陶磁器の中で気に入ったものを、二、三点、持ち帰ったのだ。もちろん、夷三郎がさしあたり五両程用立て、残りの二十両余りは、今日届けに来るはずだった。だが、肝心の芳乃が姿を消し、行き先も分からないという。

　狼狽したのは峰吉の方だ。

「そんな阿呆な……あなたが騙されたかて、うちはきちんと金は払うて貰いまっせ」

「で、でも……」

「買うたんは、榊様。あなたですからね」

「しかし、あれは結納金をあてにして……」

「そんな性根やから騙されるンです。相手は沼津藩の江戸家老の娘だっしゃろ？　上屋敷でも下屋敷でも行って、話をつければよろしいやおまへんか」

「だから騙りなんだ。江戸藩邸に訪ねてみたが、江戸家老には娘なんぞおらぬという。あ……私はどうすればいいのだ。なけなしの金を下らぬ壺に使うてしまった」

「下らぬとはなんですかッ。泣きたいのはこっちですがな」

　峰吉は取り立てても無駄のような貧乏御家人を目の前にして、がっくりときたが、ハッと何か思い立ち、つかみかからん勢いで、

「まさか榊様。あんさんも、あの女とグルやおまへんやろなッ」

「ば、ばかを言うな。痩《や》せても枯れても、徳川累代の御家人だ」

「そんなお人なら、尚更……！」

　更に怒りを露わにする峰吉の肩を、綸太郎はぐいと引いて、

「ほんま人の情けがない奴やなあ。この人があの女と示し合わせてやった事なら、わざわざ謝りに来るものか」

「若旦那。こっちが大損してますのや。情けは無用どす」

「このお方も騙されたんやから、一緒に取り返したらええ話や。そう、やいのやいのと言うのではない」

「そりゃ若旦那は暢気《のんき》でええけど……」

「いい加減にしぃ。情けは人の為ならず、や。分かるな？」

　と諭したとき、ひょっこりと桃路が顔を出した。芸者姿ではない。湯屋に行った帰りなのであろうか、しっとり濡れた黒髪を巻き上げているだけだが、妙に色っぽかった。通りがかったから、店先でちょっと立ち聞きをしていたのだという。

「ひょっとしたら、その娘さんて、こんな顔をしてたんじゃない？」

　桃路は帯に挟んでいた数枚の紙をパラリと差し出した。それには、奴島田《やっこしまだ》、勝山髷《かつやままげ》、おさ舟、結綿《ゆいわた》など様々な髪型で、眉の形や口紅の色も少しずつ違った武家や町人などの女

の顔が描かれていた。どぎつい化粧や艶ぼくろのある女もある。だが、どれも同じような瓜実顔《うりざね》で、目元がすっきりとした美形であった。

「あぁッ。これだ、この女だ」

と夷三郎は興奮気味に人相書を手に取ると、わなわなと震える手で、食い入るように見つめた。諦めとも無念とも取れる夷三郎の情けない顔を見ながら、綸太郎は桃路に声をかけた。

「この女が、一体、どうしたというんだね」

「湯屋や料理屋、うちの置屋やあちこちの茶屋にも顔を出しているらしんだけどね、うまいこと男に近づいて、たぶらかしては金を巻き上げるンだって」

「やはりな……」

「武家娘とか町娘、若後家、時には村娘とまるで役者みたいに七変化《へんげ》。お嫁さんになりたいとか、働き口を世話するとか、ならず者に金を払わないと殺されるとか……適当な嘘をついて、男から金を騙し取るのよ。時には美人局《つつもたせ》の真似事もやるってさ。あちこちで被害が出てるから、奉行所からも追われてるのよ。騙りは御定法《ごじょうほう》では獄門の重い罪だからね」

「ご、獄門……」

たしかに御定書《おさだめがき》百箇条では、殺しや押し込み強盗に匹敵する重罪である。道徳が重んじられていた時代ゆえに、人を騙して金を得るのは万死に値するのだ。

だが、骨董を扱う綸太郎の身からすれば、騙し騙される曖昧な境界で生きているとも言える。もちろん値をつけることがすべてではないが、目利きの証として、どれほどの価値があるかということを金銭に置き換えなければ、逆に信用を得ることができない。

綸太郎も何度か痛い目にあった。十両か二十両の値打ちのものを千両で買わされたこともある。いや、買わされたのではない。己の見る目を信じて買ったのだ。が、それが巧妙に作られた贋作だったことが後で分かった。悔《くや》しい思いもしたが、不思議なもので、優れたものを真似したいという欲望が人間にあることもまた真実である。しかし、どのように素晴らしい贋作でも、心を澄まして見れば、

――どこかに嘘がある。曇りがある。

ことが分かるはずだ。自分の欲望が先にあるから、真贋を見抜けないだけのことであるから、常に心は清流のように綺麗にしておかなければならない。

「榊様……この手の女はキッパリ諦めた方がよろしいですな」

と綸太郎は項垂《うなだ》れている夷三郎を諭すように丁寧に述べてから、「これだけ町触れが出ているのだから、いずれ捕まります。その折は、盗んだものは返して貰って、綺麗サッパリ獄門台に送り出しましょう」

「あ、はい……」

未練たらしい顔をしている夷三郎に、桃路は気さくに肩を叩いて、

「旦那。騙されるのを承知で、この女に近づいたなんて野暮は言わない方がいいよ。この手合いの女は、性悪が多いンだ。旦那のような生真面目な人を傷つけても、相手の心は小豆《あずき》ほどの傷もついていないんだ。いいえ、むしろ清々してるくらいなんだよ。どうせ胸ン中で舌を出してるに違いないんだ」

と励ましたつもりだったが、益々、項垂れるだけだった。

「そんなにしょげないでさ、私が遊んであげますよ。咲花堂の若旦那の奢《おご》りでパッと芸者揚げて遊びますか、パッと」

桃路があけすけに誘うと、峰吉は顰《しか》めっ面になって、

「とんでもありませんッ。あなたも男をたぶらかす類の女じゃありませんか。なんやかやと理由をつけて、若旦那を悪い道に誘うのはやめて下さいまし」

「なんですって！」

因縁をつけてるのは番頭の方だと、桃路はキッときつい目になって、「芸者は芸を売るのが商売だ。騙り女と一緒にするたアどういう了見だい、エッ。事と次第によっちゃ、そのミミズクみたいに垂れたほっぺたを戻らないように引っ張ってやるよッ」

「だ、だから、女の癖にそういう態度が……ああッ。ほんま、東女は品性もヘッタくれもあったもんやない」

「フン。男のやもめ暮らしが長くて、臍《へそ》にまで虫が湧いて底意地が悪くなったと見える。ま、あんたみたいな男を一番、女が嫌うンですよオ。ま、一生、そのままでいなさい」

口早に吐き出すと、峰吉は悔しそうに袖を噛んでいたが、床を踏み鳴らすように奥に消えてしまった。口で敵わないとなると、ふてくされるしか能がないのである。もっとも、峰吉は口八丁手八丁で、番頭稼業をして来た男である。だが、どうも桃路のようなシャキシャキとした女は苦手のようだ。

夷三郎はどんよりと曇った顔のまま、

「咲花堂さんには迷惑をかけました。私は必ず、残りのお代も払いますゆえ……しばし、しばしの間、お待ち下され」

と背中を丸めて、店から出て行こうとした。

「案ずるには及びませんよ。番頭が調子に乗って売りつけたのも悪いのですから」

「いえ。私も心の奥底では、沼津藩の江戸家老の娘と一緒になれれば、藩士として迎えてくれるやもしれぬと淡い望みを抱きました。無役者の浅はかさと笑って下さい」

夷三郎は深々と頭を下げると、履き物の裏に餅でもついているかのように、べたついた足取りで外へ出て行った。

「何事もなきゃいいがな……」

綸太郎は心配げな目で見送るしかなかった。

三

青山墓地の界隈には寺社や大名下屋敷が多くあるが、表通りから目立たず、鬱蒼とした小森の中にその屋敷は隠れるように建っていた。

瀟々《しょうしょう》と雨が降っている。

綸太郎は、とある大店《おおだな》の寮に赴《おもむ》いていた。京橋《きょうばし》から日本橋の間の大店中の大店『大和《やまと》屋』の主人・桂《けい》右衛《え》門《もん》が一人で過ごすための屋敷である。近在の寺社や大名屋敷と見紛うほどの立派な建物で、まるで神社の縋破風《すがるはふ》のように大きく湾曲した屋根だった。

呉服、太物《ふともの》を扱う大和屋は、いわゆる京に本舗のある江戸店で、日本橋一丁目の大村白《おおむらしろ》木《き》屋や駿河《するが》町の三井越後《みついえちご》屋と肩を並べるほどの大商人であった。

その主人に綸太郎が呼ばれたのは、御家代々のつきあいであるからだ。今日は、数日後に開かれる茶会に使う、茶器や掛け軸などの選定を手伝うためである。

「よう、おいでなされた。まずは、これを見て下さいまし」

と主人の桂右衛門は、でっぷりと肥えた下腹をつき出すように座りながら、茶碗を差し出した。着物の上からでも、何段もたるみがあるのが分かるほどの大きな体の前では、おちょこのように小さな茶碗だった。

銘を観月という備前焼で、枯れた色合いの茶碗は、茶会を催す亭主の主題を表現するものである。それは掛け物、花入、風炉釜、水指、茶入、水屋道具などすべてに現れるものだから、吟味を重ねたものを選ばなければならない。今般の茶会では、茶室や露地に紅葉を配して、秋の侘しさを出すという。

それに相応しい道具類を、綸太郎が自ら持参したものも含めて検討を重ねていると、コトンと廊下で物を落とす音がした。

「申し訳ありません、旦那様。また小皿を割ってしまいました」

と鈴が鳴るような可愛い声がした。下働きの女のようだが、桂右衛門とは特別な関係にあるらしく、

「まったく、しょうがありませんな。まるで子供ではないか、ははは」

と孫娘にでも言うように相好を崩した。

廊下から、盆に茶菓子を載せて運んで来たのは、誰であろう、芳乃であった。

「あっ……」

ほんの小さな驚きの声を喉の奥で洩らした芳乃だが、次の瞬間には何事もなかったように一礼をすると、

「いらっしゃいまし、咲花堂の若旦那様」

と挨拶をした。芳乃の方から声をかけられるとは思ってもみなかった綸太郎は、

「は？　ああ……」

と間の抜けた曖昧な応答しかできなかった。桂右衛門は不思議そうに芳乃を見て、

「おしの。咲花堂さんを知ってるのかい？」

「いいえ、お目にかかるのは初めてです」

「なら、どうして……」

「いやですわ、旦那様。今日は茶会のことで、咲花堂の旦那様をお呼びになってる。そうおっしゃっていたではありませんか」

「そうだったかな」

「あら、ぼけちゃいました？」

嘘である。桂右衛門は、綸太郎の話はしていなかったが、芳乃があまりにも泰然と物を言うので、自分が言ったことを忘れていたと本気で勘違いしたようだった。芳乃は茶菓子

を取り替えると、一礼するなりすぐにその場から立ち去った。

中庭を挟んで、向こう側に続く渡り廊下へ立ち去る芳乃の後ろ姿が見える。心なしか急いでいるようだった。

「今の人は？」

綸太郎が尋ねると、桂右衛門はわずかだが嫉妬《しっと》めいた顔になって、

「若旦那も隅に置けませんね。可愛い女でございましょう？　でも、ちょっと何を考えているか分からない女でしてね。そこがまたそそられるんですな。数日前に日本橋の店に買い物に来たときに会ったばかりだが、どこか惹《ひ》かれましてな。向こうも、しばらく面倒を見てくれと言うので、この寮で使ってやってるのです。丁度、下女が一人やめたところでしてな」

と言い訳めいたことを洩らしたが、本当は妾《めかけ》にでもするつもりであるようだ。綸太郎はそうと察したが、騙り女であることはしばし黙っておこうと思った。大和屋ほどの大店の主人が、妻子もある身で、孫みたいな年の娘に騙されたとなれば世間の笑いものになるだけだからだ。

「ちょいと、厠を借りますね。今日はあいにくの雨で寒いせいか近くてね」

綸太郎は立ち上がると、用足しに行くふりをして、さりげなく芳乃の姿を探した。母家《おもや》

の厨房《ちゆうぼう》に続く廊下まで追うと、芳乃は囲炉裏端で鼻歌を歌いながら、炭火にかけていた南部鉄の薬缶《やかん》から湯を急須《きゆうす》に注いでいるところだった。

「どういう了見だ？」

追って来るのを既に見抜いていたように微笑むと、「若旦那。私がこのままどっかにふけちゃうとでも思ったでしょ。顔に書いてある。でも心配しないで、私は逃げも隠れもしませんよ」

「大和屋さんは、ああ見えて、筋金入りの生真面目な商人なんや。でなければ、この生き馬の目を抜く江戸で、これだけの寮を建てられるほどの商いはできん」

「あはは。私、別に身代を乗っ取ろうとか、妾になろうとか、そんな気は全然ありませんよ。この旦那さんが可哀想で……」

悪びれる様子もなく、芳乃は淡々と、「お内儀《かみ》がキツいお人でね、色々と辛く当たられてるみたいだから。ちょっと慰めてあげようかと思って」

「出鱈目《でたらめ》を言うな」

「本当ですよ。殿方って、人様には気を張って接しているけれど、本当は弱かったり、情けなかったりするでしょ？　そういう姿を見ると、なんて言うのかなあ……何とかしてあげなきゃって思うンですすよ」

そう言えば、御家人の榊夷三郎もどこか生真面目そうなところがあった。

「だがな、芳乃……いや、ここの旦那は、おしのと呼んでいたが、本当は別の名があるのやろ？」

「芳乃、でいいですよ」

「そうやって、人の親切につけ込んで、騙りを続けていて何になるのや。それだけの器量と人の心を見抜く目があるのなら、どんなことをしても、まっとうに暮らしていけると俺は思うがな」

「ありがとうございます」

茶化すように潤々とした目を向けられると、綸太郎も芳乃の得体の知れない妖艶《ようえん》さに、眩惑《げんわく》されそうになる。それほど男を惹きつける何かがあるのだが、本人はそれを知ってい て、男をたぶらかす武器にしているのだ。

「とにかく、町方が何枚もの人相書を作って、おまえを追ってるんだ。捕まればすぐ獄門という裁きが待っている」

「獄門？」

「そうだ。騙し取った金銭の多寡ではない。その不道徳な行いゆえに厳しい罰を受けねばならぬのだ」

「…………」

「榊夷三郎を襲った浪人は、どうせ、おまえが雇って美人局でもしようと思ったのやないのか？　俺が通りかかったから、その場をとりつくろって、うちから茶碗なんぞを買わせてドロンした。違うか？」

「一体、誰をどうして裁くのです？」

キョトンとした顔で綸太郎を食い入るように見つめた。

「町方は誰を追ってるの？　何処の誰が、何をどう騙されたっていうの？」

「だから、おまえが色々な男から……」

「待って下さいな。若旦那、さっきも私に本当の名は何だって聞いたよね」

と芳乃はじっと目を逸らさずに、「御定法というものは、誰が何処でどのような罪を犯したか、はっきりさせなくては罰せられないのではないの？」

「それを承知で、偽の名を使って悪さばかりをしていたと言うのか？」

「私は何一つ悪い事はしていません。何度も言いましたがね、殿方が勝手に私に金品をくれただけです。あなたの店でだって、私が買って欲しいなんて言いましたか？　『そんなに陶器が好きなら、結納代わりにどうだ』と無理をしたのは、あの腑抜け侍ではないですか」

「ふつうは断るものだ」

「そうかしらねえ」

「おまえみたいなのを盗人猛々《たけだけ》しいと言うのだ。とにかく、俺が知った限りには、大和屋の旦那さんを騙すことは許さぬ。荷物をまとめて出て行くがいい」

「……荷物なんてありませんよ。その日暮らしの旅烏《たびがらす》みたいなものですから」

自嘲《じちょう》気味な笑みになって、そっぽを向いた時、母家の方から、桂右衛門が様子を窺いに来た。芳乃はくすりと綸太郎に微笑みかけると、すぐさま廊下に出て、

「旦那様。咲花堂の若旦那って、とても面白い人ですね」

「ええ？」

出会い頭のように言われて桂右衛門は、二人の顔を見比べるような仕草で、

「若旦那……うちの女中に手を出そうとしてるんじゃあるまいね」

と牽制するような目を向けた。綸太郎が何か言おうとしたが、すぐさま芳乃は遮って、

「ほんと隅に置けないですわよ。私のお尻を触って何と言ったと思います？」

「そんな事してないやないか」

言いかける綸太郎の手を握って、わざと自分のお尻にあてがって、

「こうですよ？　こうして、大和屋の旦那には勿体ない。俺が可愛がってやるですって。

私、驚いちゃって、もう……」

　と半ベソをかいた。わざとらしい所作とは分かっていても、桂右衛門はまるで道で転んだ幼い娘を慰めるように、

「よしよし。私がきつく叱っておくから、おまえは向こうの部屋で片付けものをしておりなさい」

　と背中を押した。大抵の事には腹も立たない綸太郎だが、知り合いが騙されているのに、知らぬ顔をする訳にはいかない。

「旦那、実は……」

　言いかけた綸太郎に、桂右衛門はシッと窘《たしな》めるように指を立てた。

「綸太郎さん。あの女は悪い女じゃない」

「……？」

「可哀想な女なのだ。私は最初から、気づいておりましたよ。身代を乗っ取るとか、人を殺すとか、その手の女ではないことくらい、目利きのあなたなら分かるでしょ」

「まあ、そりゃ……」

「騙されてやるというのも快感なのですよ。殊に私のように、まもなく隠居という年回りになると、嘘も可愛いもんでねえ」

「その嘘で、獄門になるほどのことをやっていたとしてもですか」

　さすがに桂右衛門は一瞬、たじろいだが、

「できる限りのことはしてやるつもりです。私の家内や息子たちに比べれば、そりゃ、よくしてくれますからな」

「たった数日前に会った人がですか」

「綸太郎さん。人は書画骨董とは違うのです。決して迷惑はかけない。お願いだから、しばらく私に預けるつもりで……お上には黙っていて貰えまいか」

「大和屋さん……」

「あの娘には、心の臓を患った母親がいてな……あの娘なりに一生懸命に頑張りたいと言うんですよ」

　それも嘘であろうと綸太郎は思ったが、

「大和屋さんがそこまで言うのなら、何があっても知りませんよ」

　と綸太郎はその場は言い分を聞いたが、本当に困った事件が起こってからではまずい。

茶器を選定した後、屋敷を出てから、しばらく様子を窺っていた。

四

大和屋から十両ばかりせしめた芳乃は、その足で内藤新宿《ないとうしんじゅく》まで行った。甲州《こうしゅう》街道と青梅《おうめ》街道の分岐点となる追分《おいわけ》の小さな木賃宿である。御府外になると町奉行の手が及ばないのを承知で、ここを隠れ家にしているのであろうか。

近くには天龍寺《てんりゅうじ》があって、荘厳な鐘の音が間近で聞こえていた。上野寛永寺《うえのかんえいじ》、市ヶ谷《いちがや》八幡《はちまん》と並ぶ名鐘との噂だ。

「頭が痛くなるぜ、この鐘の音は」

と迎え出たのは、三十前のどこか世をすねたような面構えの筋肉質の男だった。

部屋の中には、何枚もの不思議な色合いの、紋様のような襖《ふすま》絵や墨絵と、傍らには様々な形や材質の筆と染料、顔料が無造作に置かれてある。どうやら男は絵師のようだ。

男は芳乃が跳ねるように部屋に入って来ても、特段、嬉《うれ》しがる様子もなく、またごろんと仰向けに寝転がって、天井の節穴を数えるのだった。

「まあ、今日は沢山、描いたンだねえ……そうだな……これとこれを貰うわね」

と絵を二、三枚、手に取った。

「三日にあげず、そんなに買ってどうするんだい。おまえ一人が飾るとは思えねえけどな」

「もちろん、お友達にも譲るけど、いい値で買ってくれる人もいるのさ……ほら」

芳乃は崩し島田に挿した、びらびら簪《かんざし》をそっと抜いた。歩く度に桜の紋様の細工が揺れるのが美しく、裕福な商人の娘か武家女がつけているもので、男が数日前に買ったものだ。もっとも、その金の出所は芳乃だが、絵師が自分のために選んでくれたことが嬉しかったのだ。

「無理に大金はたいて買わなくていいよ。どうせ俺の絵はそんな値打ちはねぇ」

「そんなことないよ。私は、おまえさんの描いたものが好きだから買うんだ。もっともっと面白いものを描いてね。お金なら、幾らでも持って来るから」

と芳乃は男に寄り添った。

「面白い、ね……」

男は自嘲気味に吐き捨てるように、「どうせ俺のは面白いとしか言いようがねえ絵だ。美しくもなきゃ、雅《みやび》でもねえからな」

「私、そんなつもりじゃ……」

たしかに畳に散らかっている絵は、まるで火焔《かえん》地獄に落ちた阿鼻叫喚《あびきょうかん》の人々が毒々しい色合いで描かれていたり、幾重にも群がる光輪の中を彷徨《さまよ》う夢遊者たちを無色で表現したような、当時にはほとんどない抽象画のようなものであった。

「謝るこたあねえよ。どうせ、おまえにゃ分からない代物だ」

「ごめんね」

素直に頭を下げる芳乃に、もう一度、呆れたような溜息を吐きかけて、

「おまえの旦那って人は、そんなに金が有り余ってるのか？　女はいい。そうして妾暮らしをして、楽できる」

男は、芳乃が騙りを生業《なりわい》にしていることを知らないようだ。芳乃は誤魔化すように、しなだれかかって、

「……そうでも、ないけどね……ねえ、もっときつく抱いておくれよ……ねえったら、庄《しょう》造《ぞう》さん」

芳乃が鼻声で甘えて崩れかかると、庄造と呼ばれた男はぐいっと抱きしめて、丁寧に口吸いをしながら、いきなり裾《すそ》の間に腕を忍び込ませて、

「なんだ、おめえ……随分、我慢してたのか？　こんなになりゃあがって……それとも、おまえを囲ってる爺イが手を出したものの、途中で折れちまって、おまえの方の疼《うず》きが止まらないんじゃ……」

「バカなことを言わないで。私はおまえさんだけが命なんだから」

「可愛いことを言いやがる」

と庄造が柔らかな下肢を引き寄せて撫《な》で回したとき、ジャラリと袖から小判が滑り落ちた。十枚の黄金色が畳の上に広がると、庄造の目が輝いた。すぐさま芳乃から離れると、両手で抱え込むように小判を拾い集めて、

「こんなに小遣いをくれるとは、相当、惚れ込んでんだな、エッ？　年寄りには、おまえのここがたまらんのだろう」

いやらしい目になって尻を撫でた。

「あんたの絵が売れたンだよ」

「嘘つけ。どうしたんだ？」

「絵が売れたのはほんとだよ。それに……おっかさんの薬代が欲しいと言ったら、あっさり、それくらいは」

「おふくろなんざ、とうにいねえじゃねえか……ははは、うるさい寺の鐘は嫌いだが、銭金の音なら、幾らジャラジャラ鳴ってもいいもんだな」

庄造は小判を頰に擦りつけながら、腹の底から笑い声をあげた。そして、ふらり立ち上がると、

「ちょっくら賭場に顔を出してくら」

「おまえさん……」

少し不満な顔になる芳乃を軽く押しやりながら立ち上がって、

「続きは帰ってからやってやるよ。これを倍……いや十倍にしてやっから、そしたら、また贅沢できるぞ、ふはは」

庄造はまるで湯屋にでも出かけるように、浮かれた顔をして、軽い足取りで木賃宿から出て行った。芳乃は障子窓を開けて、

――しょうがないなあ。

と呆れ顔で、二階から外を眺めた。ひょこひょこと賑やかな通りに向かって駆けて行く庄造を見送るしかなく、その目が虚《うつ》ろになったとき、ぼんやりと近くの柳の下に立つ人影を見た。目が少し悪いせいか、よく顔が見えないが、凝視していて慄然となった。

そこには、綸太郎が立っていたのだ。

何かの間違いではないか、という思いで、目を擦って見直すと、綸太郎の姿は既に消えていた。が、木賃宿の軋む階段を駆け登って来る足音がする。思わず身を隠そうとした芳乃だが、六畳一間には狭い押入があるだけだ。

廊下に現れた綸太郎は、穏やかな目で芳乃を見ている。

「今、出かけたのが情夫《おとこ》なのか？」

芳乃はそれには答えず、乱れた着物の裾を直しながらそっぽを向くと、今まで見せたことのないような蓮《はす》っ葉な顔つきになって、

「あんたも、しつっこいねえ……」

と唇をつんと立てた。綸太郎がその子供っぽい仕草に苦笑するのへ、眉根をきりりと上げて、芳乃はきつい声で続けた。

「あんたからはビタ一文貰ってないはずだけど？　それとも、若旦那も私に惚れたなんて言い出すんじゃないだろうねえ」

「何はともあれ、病の母親がいるというのが嘘ならよかった。ホッとしたよ。本当にそうなら、母親もおまえも大変だろうからな」

綸太郎は屈託のない顔で笑いながら部屋を覗き込んだ。怒りもせず、境遇を心配する若旦那に、一瞬、虚をつかれた芳乃は妙な塩梅《あんばい》に頬を歪《ゆが》めながらも招き入れた、

「ふ〜ん……おかしな人だねえ。親切ごかしで何を考えてるんだい？」

「いや、俺は……おまえがどうして人を騙すような女になったのか、その事が気がかりでな。大和屋さんも言うてはったが、どうしても性悪には見えないんだ」

「私の勝手でしょ」

「嘘で固めた人生なんて、それこそ、つまらんやないか」

しみじみと見つめる綸太郎の瞳は、まるで十年来の知己のように優しかった。まともに見ることができず、芳乃は思わず目を逸らした。その先に散らかったままの幾枚もの絵を拾いながら、

「知ったふうなことを言わないで下さいな。私の何を知ってンのさ」

綸太郎はその絵をちらりと眺めたが、よく見えなかった。間借りをしてる木賃宿にしては、顔料や墨の匂いが染みついている。よほど長い間、住みついていると見える。情夫は絵を描いて暮らしているようだが、女を食わせるほどの稼ぎはないのであろう。

「分かりまっせ……悲しい女だってくらいはな。これでも、目利きで飯を食べてるのや。骨董と人は違うと思うたら、それこそ間違いや。嘘をつきとおしていると、いずれもっと悪い道に入るかもしれへんし、第一、自分が気持ち悪くないか？」

「…………」

「人を騙すことでしか生きてこられなかった事情もあるのやろ。でもな、偽名をどう名乗ろうとも、あんたはあんただ。自分自身からは逃げられンのや」

芳乃は己ばかりが責められているような気がして、不愉快に頬を歪めた。

「生来、そんな顔をする女とも思えぬ。売れない絵師の男が、おまえに騙りをさせている

のか？」

「なにをバカなッ」

と芳乃は真剣に怒った顔になって、綸太郎の胸を突いて廊下に押し出そうとした。

「帰って下さいな。ここは庄造さんの部屋なんですからねッ。それとも、ここから私の手を引いて町方にでも連れて行きますか！」

「そんな事をする気なら、大和屋の寮でやってるよ」

「何なの、あなたは……」

「偽物を見ると気になる性質《たち》でな。もっとも骨董屋という者は、贋作のことなど歯牙《しが》にもかけないものなんだ。でもな、あんたは違う。偽物のふりをしてる本物だ」

「今度は禅問答ですか？　もう私に構わないで下さいなッ」

乱暴に押しやった時、壁に裏返して立てかけていた一枚の屏風《びょうぶ》絵が倒れそうになった。思わず手を差し出して支えた綸太郎は、その絵を見て、心の臓が一瞬締めつけられたような気がした。

「待ってくれ……その屏風絵、よく見せて欲しい」

綸太郎が枠を両手で丁寧に抱えて、描かれた面を表にすると、突然の雷鳴に打たれたような衝撃を受け、肺腑の奥から溜息が出た。

その絵は、草花とも虫とも獣とも分からぬ生き物が複雑に絡み合って、漆黒の洞穴の中に落ちて行くような姿が描かれてある。まさに人の心の奥の悪意を剔《えぐ》り出すような恐ろしい図柄であった。

しかし、どこかで狩野《かのう》派を学んだのか、凜とした品性や探幽《たんゆう》を感じさせる筆遣いや金碧のあしらい方が、縦横無尽に広がっている。その上で、古浄瑠璃絵巻を彷彿《ほうふつ》とさせる絢爛《けんらん》豪華な鮮やかな色彩も見せている。それでもって、京の円山応挙《まるやまおうきょ》のような精緻《せいち》な感覚で、地獄絵を抽出している。

――しかし、このような屏風《びょうぶ》や襖絵を身近に置きたいと思う奴はおらんやろ。

綸太郎は背筋が凍る思いで、その絵を見ていた。痛々しくなって目を離そうとすると、不思議と絵の方に磁力のようなものがあって、ぐいぐい引きつけられて微動だにできない。蛇に睨まれた蛙とはこのような状態を言うのであろうか。

そんな様子を見ていた芳乃は、

「どうしたの？」

と訝しげな顔になって、「そりゃ気味悪い絵だから、私も伏せてあるんだけど、そこまで驚かなくても……」

「気味が悪いんやない……いや、むしろ、その逆だ。怖いもの見たさかもしれへんが、なんかこう……胸の中がざわめいてくる」

「そう?」

芳乃には感じない何かを、綸太郎は全身で受け止めていた。じっと見つめていると、吸い込まれそうになる。しかし、そこには奈落の底しかない。綸太郎は力を振り絞って離れると、芳乃が手にしている他の絵も奪い取るように見てみた。

迫力には欠けるが、人間の世界にはない悪夢の中を、見るがままに描いたように見える。恐らく、何かを眺めながら筆を走らせたのではなく、思うがままに発したのだ。

書画骨董では、作った者の個性を消しながら、ぎりぎり〝生〟を発光しているものが優れているものと判断される。だが、庄造の絵は、綸太郎の目から見れば、あまりにも我欲が強すぎて遊びがない。人を和《なご》ませるものがない。

「そうか……芳乃。おまえさんは、この男を養うために、騙りをしていたんだな」

「ち、違いますよ」

図星を指されたのか、芳乃は心の揺らめきを隠せなかったが、庄造には絶対に〝騙り女〟などと言わないでくれと懇願した。そのあまりにもの一途さに、綸太郎は別の疑念が浮かんだ。

「ひょっとして、おまえは……情夫にも嘘をついているのか?」

「情夫なんて言わないで下さいな。私にとっては大切な人。いいえ、いずれ、世間様にも、なくてはならない人になりますから」

「えらい自信やな。そんな立派な男のわりには、おまえの金を持って、どこぞに遊びに行ったみたいだが？」

「誰にでも息抜きくらい要るでしょう」

「悪いとは思わないのか？」

と綸太郎は屏風を立て直すと、「おまえは庄造にも本当の身分を隠してるようだが、それで何になるのだ」

「私は庄造さんに嘘なんてついてない！」

ムキになった芳乃は頬を紅潮させて早口になって、「そりゃ、私は人様には言えないことをしてるかもしれない。でも、庄造さんに対する気持ちだけは本物なんだ」

「本物、な」

「そうですよ。あの人と私は幼なじみなんだ。遠州の小さな漁師町の出でね」

「ずっと一緒なのか？」

「そうじゃありませんけど……」

あまり深く話したくなさそうだった。綸太郎は気になったが、敢《あ》えて聞かなかった。臍を曲げて、一切合切を壊してしまいそうな絶望に似た顔つきになったからである。

「どういう事情があろうと、心底惚れている庄造も何か誤魔化しているのは事実だ。人様を騙し続ける暮らしを続けるなんて……」

「分かってますよ」

芳乃は遮るように首を振って、「でもさ、騙される方だって、色々と下心があったからじゃないの？　榊夷三郎の旦那だってそうさ。夫婦になろうなんて綺麗事を言ってたけれど、とどのつまりは、仕官口が欲しかっただけ」

「いや、それは違う……」

「違わないよ。その証に、私を探し出そうともしないじゃないか」

「そう言うのもまた嘘であろう……本当の心情ではないはずだ」

微かに上擦るように動いた唇を、綸太郎は優しく見つめながら、

「三日月夜……」

と呟いた。えっと振り向く芳乃は、初めて真剣なまなざしで綸太郎の顔を見つめた。

毘沙門天・善國寺裏の夫婦稲荷で、夫婦茶碗に願掛けしたときのこと。茶碗の裏底に、相手が「共白髪まで」と書いたのに、芳乃は「三日月夜」と記したことを綸太郎は質《ただ》して、

「あれは、ある和歌の恋歌の一節やろ。たとえ偽の恋を演じても、三日だけのこと。心の奥には他に慕っている人がいる……この絵師に操を立てているって意味か？」

「……………」

「そんな思いまでして、庄造とやらに尽くすのは、なぜなんや？」

綸太郎に絵の真髄を見抜くように、心の襞《ひだ》をめくられたような気になった芳乃は、恥ずかしげに伏し目になった。

なぜだか分からないが、今まで触れたことのない、温もりのある柔らかな湯に触れた感じがしたからだ。だからといって、すぐに素直にはなれない。

「世の中、正直者がバカを見る。真面目な者ほど損をする……そう出来てるんですよ」

と芳乃は蚊の泣くような声を洩らした。

「私も……一人の男に騙されたことがあったんだ。その男を信じ切ったために、二親の小さな油問屋は潰《つぶ》され、不遇のうちに病で死んでしまった」

いわば結婚詐欺に遭ったという。そのうえ、その男の借金の形にされて、芳乃は場末の女郎屋に売り飛ばされてしまった。

「でもね、私はいつか、潰された二親の店をこの手で取り返してやる。買い戻してやる。そう思って、嫌な男とも体を重ねてた……そんなある時、金持ちの旦那が遊びに来てね、そいつをたぶらかして身請けをして貰い、そのままトンズラしたんだ。それからは……」

「人を騙して金を手にしたということか」

「他に何ができます⁉　ろくに読み書きもできず手に職もない。でも、ちょいとシナを作れば男は転がるように寄って来る。遊女をやめてから、体なんざ二度と売りませんよ。その代わり、心を売る……そうするしか、生きて来られなかったンですよ」

どこまでが本当で、どこからが嘘か、綸太郎にはハッキリ見抜くことはできない。ただ、本音で話していることだけは分かった。

「おまえの辛さはよく分かった。だが、こんな事を続けてても埒《らち》があかんやろ。どうや、この屛風……それから、ここにある数点の絵、俺に譲ってくれんか」

「咲花堂の若旦那に？」

「ああ。店に置いておれば、誰か好事家が買うやもしれんしな。どうや」

「そりゃ、私はいいけれど……」

「よし決まりや。百両で買う」

「百両⁉」

「ああ。今日にでも番頭に引き取らせに来る。そやから、その金を持ってここから出て、国元にでも帰って、引き続き絵の修練でもしたらええ。でないと、いずれ、この木賃宿も町方が探し出すかもしれん」

芳乃は驚きと戸惑いを隠しきれなかった。裏に何かあるのではないかと、一瞬、疑《うたぐ》り深い子猫のような目になったが、さっき感じた綸太郎の温もりを信じてみることにした。

「旦那。一緒に芝居でも観に行きませんか？」

唐突な誘いに綸太郎は何か腹蔵があるのかと疑ったが、芳乃は屈託のない笑顔で、前から一度観たかった女形の芝居が、内藤新宿に来ているというのだ。

「今からか？」

「うん。うちの人、芝居はあまり好きじゃなくってね……ちょいと着替えるね」

庄造の絵を百両で買ったことの礼のつもりなのか、芳乃の笑顔は野に咲く一輪の花のようだった。

五

御用絵師の植村雪庵《うえむらせつあん》を咲花堂に呼んだのは、その翌日のことだった。芳乃と庄造のことは、番頭の峰吉に任せたが、万事、うまくいったとの報せを受けて、どうしても雪庵に会って訊きたいことがあったのである。

植村雪庵はまさしく新進気鋭の御用絵師で、加賀《かが》藩、伊達《だて》藩、熊本《くまもと》藩など大大名の屋敷に出入りして、襖絵や天井画、衝立から屏風に至るまで、その溢れ出る才能と美観を余すことなく発揮していた。

「どうですか、雪庵さん」

奥座敷で百両の屏風を見た瞬間、

「どこで、これを!?」

と衝撃を受けた雪庵の顔を、綸太郎は長らく忘れることはできないであろう。それほど暗澹《あんたん》たる表情であり、鈍い苦悶の色が広がっていた。

「この屏風絵はひょっとして、庄造が描いたのではないか」

鋭い眼光になって絵を剔《えぐ》るように睨む雪庵に、綸太郎はこくりと頷いた。

「やはり知ってましたか。狩野派の筋ではないかと思いましたから」

「知ってるも何も……私とは同じ師匠に学んだ仲だ。あいつの描きそうな絵だ。しかし、未だにこんな画風に拘《こだわ》ってるとは、奴も成長してないな」

「そうやろか」

綸太郎がそう言って、深い溜息をつくと、雪庵が不愉快な目で振り向いた。

「失礼な言い方ですけど、雪庵さんに、この絵が描けますか？」

「描きたいとは思わぬ」

「でも、描けませんやろ？」

「何が言いたい」

「雪庵さんなら分かると思いますけど」

皮肉っぽい言い草の綸太郎を、雪庵は苦笑して見つめながら、

「そうですな。私には描けない。かといって、地獄を見たものしか描けない絵ではない。稚拙《ちせつ》なのだ。心の叫びは分からぬでもない。しかし、その絵が何になると言うのだ」

「それは俺にも分かりません。でも、今、おっしゃったように、心の叫び、がある。何かに突き上げられた魂がある。俺はね、雪庵さん、こういう絵があってもいいのではないかと思うんです」

「…………」

「そりゃ俺だって、この屏風の裏に、枕を置きたくない。でも、刀剣や陶器に見て楽しむものと、使って役立つものがあるとすれば、この屏風絵は見て楽しむことができるのではありませんやろか。今の世間様には通用せぬかもしれませんが、五十年、百年後の人は手を叩いて褒《ほ》め称えるやもしれません」

「私だって後世の人たちが認めてくれるものを描いてるつもりだ。別に大名屋敷だからと

いって、我を消してる訳じゃない。そのために匠《たくみ》の業《わざ》を遺憾なく使ってるんだ」

「さようでしょうとも。しかし……」

綸太郎が何か続けようとするのを遮って、

「それは、ともかく……庄造とは関わらない方がいいと思うがね」

「どういう意味です？」

「奴は人間のクズだ。己の技量を顧みることなく、認めてくれない師匠をコキ下ろし、あちこちで悪口雑言を繰り返した。溝は次第に深まって、ある時、師匠は破門を言い渡したのだが、刃物をちらつかせて脅す始末なんだ。『俺の絵の何処がつまらぬか言うてみろ！凡庸な絵しか描けないおまえに何が分かるのだ！』ってな」

「…………」

「酒癖や女癖、それから博打。無聊《ぶりょう》を持て余しては、そんなものばかりに、うつつをぬかしている奴は絵師じゃない。ただの道楽だ。師匠はそうぶっ飛ばしましたがね」

雪庵もよほど苦々しい目を、庄造から味わったのかもしれない。言葉の端々に棘《とげ》があった。芸術だけではなく、人格までも唾棄すべき類のものだと断じているようだった。

「咲花堂さんにしちゃ、愚かな買い物をしてしまったな。とてもじゃないが、百両の値打ちなんざない」

その雪庵の言葉に跳びはねたのは、番頭峰吉の方だった。

「ほ、本当でございますか、雪庵先生」

「ああ。少なくとも御用絵師やお抱え絵師には、どう踏ん張ってもなれまい」

「そんな……若旦那！　だから私は申したではありませんかッ、物好きにも程があると。とどのつまりは、あの騙り女に、二束三文の絵を百両でつかまされたのと同じではないですか！」

峰吉が狼狽するのへ、綸太郎は涼しい顔で諭した。

「考え違いをするな。茶碗のケツばかり見てきたおまえには分かるまいが、いいものというのは、命の息吹が入ってるのや」

茶碗のケツとは結局、人様が判断した添書ばかりを大切にする狭量でしかないという意味合いである。

若い頃から、諸国遍歴をした綸太郎は様々な風土の、想像を絶する美術工芸品をあまた見て来たが、庄造の絵はかつて遭遇したことのない見事なものだ。売れるか売れないかは分からぬ。値をつけることも難しい。だが、誰の目にも留まらぬものを、見つけ出す喜びもまた目利き仕事の醍醐味《だいごみ》である。

「そんな上等なものならよいけれど……恐らく悔やむことになると思うがね」

雪庵がけんもほろろに言うと、峰吉は涙すら浮かべて、

「そやさかい言わんこっちゃない。あんなロクデナシは、お上にお仕置きされればええのや。いや、それでも懲りまへんやろ。今頃はどこぞで、ほくほく顔で贅沢してるに違いありまへんッ」

「人様のことをそないに言うもんやない。甘いと言われるかもしれないが、庄造に一筋の光を見せることとで、騙り女も足を洗うことができる。そう思うてな」

雪庵には芳乃の話はしなかった。御用の筋とも関わりがあるから、どこかで洩れると懸念したからだ。しかし、それはまったく余計な危惧《きぐ》であった。雪庵は庄造の本性を知っていた。話を聞いたところで驚くことはなかっただろう。

——所詮、女は男に貢ぐものだ。

というのが、庄造の若い頃からの口癖らしい。もしかしたら、庄造は騙り女だと知りながら、利用していたのかもしれない。

「本当に惚れた男と女なら、そんな駆け引きはしとうないな」

綸太郎がそう思ったのもまた、甘い考えなのであろうか。ともあれ、雪庵とは不仲で、嫌いな男とはいえ、本心では、

——庄造に敵わない。

という思いもチラホラ見えた。

絵師にしろ、陶芸師にしろ、刀鍛冶にしろ、己の器量を信じている裏には、有能な者への嫉妬はあるものだ。

だが修業や鍛錬を重ねるうちに、そんなものは露と消える。下らぬ了見だと思い至る。いや、そんな事を考えている余裕すらなくなる。己の腕を磨くことだけで精一杯になるものである。

庄造には、脇目もふらず一心不乱に己の絵を極めて貫いたい。雪庵が心の奥ではそう思っていることを、綸太郎は感じていた。

六

銀杏にも黄葉が目立ちはじめた時節だというのに、汗だくの榊夷三郎が瓢簞《ひょうたん》坂を登っていた。

筑土《つくど》八幡神社から御殿坂、芥坂、鼓坂などを右に折れ、左に折れしながら着いた所は、深い竹林に覆われた瀟洒な長屋だった。近くには私塾があって、武家町人の分け隔てをせず、子弟教育を熱心にしている著名な学者もいる。そんな文教の土地柄である。

だが、夷三郎の目は血走っており、腰の刀はいつでも抜き払えるように、左手の親指を鍔に添えてある。

下町のがさつな雰囲気とは違い、学者先生様や金に困っていない浪人が住んでいる長屋のせいか、木戸口の柱や板塀は綺麗に磨かれ、側溝や屋根瓦も傷《いた》んでいない。

その前で踏ん張るように立ち止まった途端、奥の一室から、芳乃がひょっこり飛び出して来た。何か洒落でも言ったのであろう、鈴のような笑い声を部屋の中に投げかけて、表の通りへ軽やかに駆けて来た。

「芳乃」

その声に振り返った芳乃は、夷三郎が体中から湯気を発して、物凄い形相で立っているのを凝然と見た。

「さ、榊の旦那……」

「どういう了見だ。やはり、おまえは私を騙していたのだな」

「ちょ、ちょっと待って下さいな」

狼狽《ろうばい》して夷三郎の腕を引いて、脇の小径に引き込んだ時、弾みで刀の鯉口がはずれ、するりと白刃が滑り出た。芳乃は一瞬、斬られるのかと驚き、ひゃあッと悲鳴をあげた。その声を聞いた同じ長屋の住人が、不審な顔で近づこうとしたが、夷三郎の徒《ただ》ならぬ様子に

後ずさりして、

「だ、旦那……旦那様」

と長屋の奥の部屋に急いで走った。

夷三郎は逃げようとする芳乃の腕をしっかりとつかんで、切羽詰まった血走った目を向けた。

「ま、待ってくれ、芳乃。私はおまえを責めに来たのではない。男との縁をキッパリ切らせてやりたいのだ」

「何を言うの……！」

「分かってるんだ。私はずっと、おまえのことを探していた。本当だ。たとえ他の誰を騙そうと、私にだけは違うだろうと。そうなのであろう、芳乃。本当は助けて貰いたいのであろう？」

夷三郎は思い込みが激しい男のようだ。騙されたことなど、すっかり忘れてしまって、まるで自分の愛妻が何者かに連れ去られたのを、やっと見つけたとでも言いたげな様子だ。胸が高鳴っているのが、肩の震えで分かる。芳乃は気味が悪くなって、逃れようとするが、その度に、手首が締めつけられた。

「は、放して下さい……」

「咲花堂の番頭から聞いたんだ。つまらぬ絵師のために、百両も騙し取ったんだってな」

「ええ？」

「番頭は若旦那は騙された、おまえの色香に目が曇《くも》ったんだと、そう嘆いていたぞ。そうなのか？」

「違います。あれは若旦那が……」

と言いかけた時に、庄造が駆けつけて来た。

「なんだ、てめえはッ」

いきなりつかみかかりそうな勢いで、濃い眉毛を逆立てた庄造に、少し気弱な夷三郎は抜刀して切っ先を向けた。

「貴様か。芳乃をたぶらかしてる男は！」

「なんだ……？」

煌めく刀を突きつけられて、庄造は動けないでいた。

「惚《とぼ》けずともよい下郎。私はすべて調べたのだ。おまえは己の不甲斐なさを棚に上げて、この女の稼ぎだけをあてにしていた。しかも、それを右から左へと湯水の如く博打や酒に使い、金がなくなると、芳乃にまたぞろ人を騙させて……」

「やめて！」

芳乃が金切り声で叫ぶと、ギクリと驚いたのは庄造の方だった。

「なんだ、どういうことだッ」

「このお侍は変な人なの。何だか知らないけれど、私につきまとってるんだよ」

必死に言う芳乃の手を握ったまま、夷三郎は刀を庄造に近づけ、

「芳乃……もう、こんな男なんぞ恐れるに足らぬ。私がここで成敗してくれる。なに、私だって武士の端くれだ。おまえを散々弄《もてあそ》んだロクデナシの男なんざ、私が！」

シュッと一振りすると、庄造は仰け反って足を側溝に取られ、そのまま尻餅をついて悲鳴をあげた。

「ま、待て、待ってくれぇ！　その女が何をしたか知らねえが、そんなに欲しいなら、くれてやる！　こ、殺さないでくれ！」

思わず発した庄造の言葉に、芳乃はいきなり棒で叩かれたように唖然《あぜん》となった。

「聞いたか芳乃。この男はこういう輩《やから》なのだ。よく目に刻み込んでおくがいい」

「芳乃？」

庄造は尻餅をついたままで不思議そうに頬を歪めて、「どういうことだ。さっきから芳乃だの、騙りだのと……何の話だ」

「この期に及んで、まだ下らぬ言い訳をするつもりか」

夷三郎がぐいと踏み込むと、腹を出して足掻く虫のようにジタバタしながら、庄造は情けない声で、

「だ、だから何のことだ……その女の名は、お菊。騙りだの、弄んだなど、いい加減にしてくれッ」

「まだ、ほざくか！」

「たしかにそいつは、ある旦那の妾だったようだ。だが、そいつとは綺麗サッパリと別れて、俺と出直すと……あっ、ひょっとして旦那ってのは、おまえのことなのか!?」

夷三郎は庄造が言っている意味が分からず、ちらりと芳乃を振り返ったが、女はもはや黙ったままで俯いていた。

「何とか言え、お菊。このお侍は一体何なんだ。おまえの何なんだ！」

庄造は喚きながら、一瞬の隙をついて、夷三郎につかみかかろうとした。するりとかわした夷三郎は、咄嗟《とっさ》に刀を引いた。その刃が図らずもシュッと庄造の腕を斬った。

「いてぇえッ！」

血が滲み出たが深い傷ではない。もう一度、目がギラリとなって刀を突きつける夷三郎に、庄造は居直ったように叫んだ。

「だ、旦那！　その女は、たしかに俺の金蔓《かねづる》だった。でもな、どっかの金持ちの旦那に囲

われてて、俺のためにちょぃと融通してくれてただけだ……別に俺の女にしたかった訳じゃねえ。それに、騙りたあ、なんだ。俺はそんなこと、させた覚えはねえッ」

「よくもヌケヌケとッ」

夷三郎は怒りを露わにして、煮えくり返る腸《はらわた》を引きずり出して見せてやりたいほどだった。

「ま、待ってくれ、旦那。本当だ、俺は知らねえ。知ってるのは、この女が俺と同じ村の出で、たまたま二年程前に再会して……再会っても、よく知ってた訳じゃねえ。昔、俺が村の悪ガキだった頃、まだ年端もいかねえ小さな娘っ子だったんだ。お菊なんだよ」

尋ねもしないことを立て板に水で喋る庄造の姿を眺めていると、芳乃には俄に見知らぬ人に思えてきた。

「本当だよ、旦那。俺が騙りをさせてたなんて冗談じゃねえ」

「だったら、咲花堂に百両で買わせたのはどういう訳だ。この女は、咲花堂から、茶器や壺まで騙し取ったンだぞ」

「な、何のことだ。売れたんじゃねえのか……」

「どうせ都合が悪くなると、芳乃にすべてを押しつけて、自分だけは罪を被らないつもりだったのだな。許せぬ、断じて許せぬ！」

狼狽する庄造に向けてチャリッと刀を持ち替えると、懐から人相書をつかみ出して放り投げた。ひらりと舞った紙をしっかり取って見た庄造は、愕然《がくぜん》となって芳乃の顔と見比べた。

「芳乃はな、おまえのせいで、騙り女として町奉行所にも追われる身なんだ。こんな長屋におれば、また見つかる。私はこの女を連れて、どこか遠い所へ行くつもりだ。贅沢はさせられぬかもしれぬが、おまえと違って、女を食い物にはせぬッ」

震える手で人相書を見ていた庄造は、怒りと悲しみが入り混じった顔になって、芳乃に侮蔑《ぶべつ》のまなざしを投げた。

「……お菊、おまえ、こんなことをしてたのか、エッ？　あちこちで、俺の絵が売れたってのは嘘だったのか？」

「…………」

「何とか言えよ、このやろう！　てめえ、俺まで獄門台へ道連れにする気だったのか⁉　どこかの旦那の囲われ者で、金を貰っていたというのも嘘か！　人様を欺《あざむ》いて、騙し取ってた金なのか⁉　おめえ……俺まで騙す気だったンだなッ……このやろう！　てめえなんざ、俺の女でもなんでもねえ！　何処へでも行ってしまえ！　俺に迷惑かけんな！」

「違う……違うよ……」

芳乃はベソをかきながら、救いを求める目をしたが、

「うるせえ！　てめえ！　恩を仇《あだ》で返しやがって！」

と大声でなじった庄造は人相書を地面に投げつけて、物凄い形相で睨んだ。

「貴様ッ！　それ以上、女を愚弄《ぐろう》すると、私が許さぬ！」

夷三郎が刀を振りかぶると、芳乃は背中から抱きついて、

「旦那。そんな男、斬ったところで一文にもなりませんよ……そうだよ……私はどうせ嘘つきで、人様を騙して、どうしようもない女なんだからさ」

そう押しとどめると、芳乃はそのまま坂を小走りで下って行った。急坂で転ぶと大怪我をする。ゆえに所々に石畳を敷いたり、竹竿《たけざお》の手摺《てすり》を設《しつら》えてあるが、芳乃は脇目もふらずに、その場から遠ざかって行った。

「貴様ッ。二度と芳乃と関わるな、いいな」

と夷三郎はもう一度、切っ先を庄造に突きつけると、文字通り転がるような勢いで、芳乃を追った。

「ケッ。ふざけんな、ばかやろ」

庄造は、芳乃が消えた露地の方を見ながら、ゆっくり立ち上がった。

「なんなんだ……」

吐き出すように言ったものの、庄造の心の片隅には、小さな痛みが残っていた。

七

半月程の後、神楽坂咲花堂の店先に、庄造が立つのを見たのは、綸太郎が夕陽の中を淡紅色の無花果《いちじく》を手にして帰って来たときだった。綸太郎は一度だけ、芳乃を追って内藤新宿の木賃宿で遠目に見ただけだったが、

——ああ、あいつだ。

と一目で分かった。だが、相手は綸太郎の顔を知らないはずだ。

「どうぞ。ご自由にご覧下さいまし」

綸太郎はわざと丁寧に手を差し出した。その掌に無花果が載っている。

「ご近所さんの裏庭にね……貰ったんです。秋味を一緒にどないです？　神楽坂って所は、京に似てましてな、自然と町、そして人がうまく一緒に暮らしてるというか。暮らしの中に自然を取り入れているというか。家の作りなんかも、京の町屋とそっくりでね……さ、どうぞ」

誘われるまま店内に入った庄造は、刀剣、鎧、壺、掛け軸、漆器、陶磁器などが、白木

の台や棚に整然と並んでいるのを見て、ふうっと溜息をついた。

一角には、庄造の描いた地獄絵さながらの屛風もある。それを再会した恋人のようにじっと見つめてから、おもむろに、

「これを返しに来た」

とぞんざいな言い草で、着物の袖から切餅小判を四個差し出して、帳場のそばの畳に置いた。骨董品を傷つけないために、板間は少なくしているのだ。

「ひょっとして、庄造さんですか？」

綸太郎が覗き込むように尋ねたが、相手はふっと笑って、

「どうせ分かってンだろ。さ、この金は返すから、その屛風を返してくれ」

「どうしてです」

「どうもこうもねえ。俺は人に余計な情けをかけられるのが性に合わないだけだ。返すのが嫌だと言うなら、俺がこの百両で買う。それで文句あるまい」

「いや、ありますな」

綸太郎が涼しい目を返すと、庄造はいつものならず者っぽい意地悪そうな顔になって、ずいと片膝を立てた。

「嫌だと言わせねえぜ」

「庄造さん。買うのなら、まずは言い値は売る方が決めるもんです。五百両で如何でしょう」

「なんだと⁉　てめえ、なめてんのかッ」

「全然」

「百両がなんで五百両になるんだ」

「骨董はふつうの商いと違います。仕入れ値と売り値の均衡なんぞ、ありますかいな。値打ちのあるものは、どんどん上がりますから」

「笑わせるな。これが五百両の値打ちがあると言うのか」

「もっと、ありますやろな」

「金を出せねえと思ってバカにしやがって」

庄造は苛立ちを隠せず、語気が荒々しくなった。だが、綸太郎は淡々と言った。

「俺の目に間違いはなかった……植村雪庵が見て一目も二目も置く出来や」

「……！」

雪庵の名前を聞いて動揺した庄造が、苦々しく頬を歪めるのを凝視して、

「だから値が上がったわけではありまへん。俺の目が決めたのや」

「咲花堂お墨付というやつか」

「世間様ではそう言うてくれますが……お墨付があってモノがあるわけではなく、それだけの値打ちがあるものを、咲花堂が拝ませて貰ったということです」

「…………」

「どういうつもりで買い戻しに来たのか知りませんが、この屏風はもう俺のものや。生半可な気持ちではお売りできまへん」

庄造は綸太郎の思いが分かったのか、それとも不愉快に感じただけなのか、少し声を詰まらせて、

「芳乃が、あれから帰って来ねえんだ。ひょっとしたら、あんたなら行き先を知ってると思ってな」

綸太郎は榊夷三郎から、芳乃がいなくなった事情を聞いていた。庄造に対して軽率な行為をしたと悔いているという。それがために芳乃の行方が未だに分からないからだ。

屏風を買った百両で二人が出直してくれれば幸いだ。綸太郎がそう考えていたのは事実である。が、江戸府内で暮らしていたとは知らなかった。芳乃はお上に見つからない自信があったのであろうか。

「いや、それは……」

と庄造は忸怩《じくじ》たる思いがあるようで、申し訳なさそうに俯いて、「まさか、騙りをして

るなんざ知らなかったから、江戸から離れることはない。いや、むしろ江戸にいて、咲花堂に認められたように、画壇の偉い人にも認められ、御用絵師になるのも夢ではないと欲を出したんだ。本音は雪庵を見返したい、乗り越えたいと思ったからかもしれねえ」

「おまえなら出来るはずだと、芳乃は……いや、お菊というのか、あの娘は信じていたはずだ」

「…………」

「榊の旦那が、あんたたちを探し出しさえしなければ……いや、俺がこの屛風を買いさえしなければ、あるいはずっと、お菊はあんたと暮らせたのかもしれへんな。余計なお節介やったかな……俺は、偽物を本物にしたかっただけやけどな。芳乃から、お菊へ」

「若旦那……しかし、俺があんな情けない態度を取らなかったら、お菊は逃げなかったかもしれねえ」

「情けない態度？」

「ああ……俺は本当に、あの榊という侍に斬られると思ったンだ。やばい女と関わったものだというのが本音だった。だが……」

「だが？」

「後になって考えてみりゃ、俺も薄々は感じてたことなんだ。お菊は二親を亡くしてから、ぷっつりと村から姿を消した……いや、女郎になったんですよ」

「その話は本当だったようだな」

　綸太郎が納得したように頷くと、庄造の方が意外そうな目になって、

「若旦那には話してたのか。そりゃ、余程、あんたのことを信頼したんだな。お菊は散々、男に酷い目にあって来たらしいから、騙してもバチは当たらないと思ってた節があるんだ」

「たしかにな……」

「だから、どこぞの商家の隠居の妾暮らしをしてるから、金には不自由させないよ……俺にはそう言ってくれてたんだが、ただの都合のよい女だったのかもしれねえ」

「お菊の気持ちは考えなかったのか？」

「考えなかったな、ほとんど。それどころか、心のどっかで、どうせ汚れた女だと思っていたのかもしれねえ……俺もどうせ、その程度の男だ……だから、こんな闇の中みたいな屏風絵を描きたくなるのかもしれねえ」

　庄造は己の腹の内側を吐露して、心苦しげに唇を噛んだとき、北町同心の内海弦三郎が入って来た。いつもの人を睨《ね》めるような視線を庄造に投げてから、

「咲花堂。おまえの探してた女の居所に目星がついたぜ」

と自慢げに言った。

芳乃こと、お菊の逃げた先である。浜町河岸に住む猪牙舟《ちょき》の船頭をたぶらかして、浦和《うらわ》宿の方まで送らせたらしい。もちろん船賃は踏み倒して、姿を晦《くら》ました。だが、浦和宿周辺から、それらしき女を探し出したと、八州廻りの手の者が報せて来たのだ。

「さすが八丁堀の旦那。餅は餅屋や」

「煽《おだ》てたって何も出やしねえぜ。こちとら、お縄にするために動いただけだ」

「それは承知しておりますが、わざわざ俺に教えに来てくれはったのは、見逃してもいい。そう思うてるからでしょ？」

内海は黙っている。

「旦那もたまには粋な計らいをするんですな。感謝しますよ」

「だが、もし見つけても、江戸には舞い戻らせるな。下手すりゃ俺が始末モンだ」

「決して、ご迷惑はおかけいたしまへん」

「もう、かけられてるよ」

綸太郎も行方を探していたと知って、庄造は救いを求めるような顔に変貌《へんぼう》した。

「若旦那、この男は？」

内海が問いかけるのへ、庄造は事情を話そうとしたようだが、町方同心にあれこれ蒸し返されても困る。綸太郎はすぐさま答えた。

「この屏風絵を描いた新進気鋭の絵師ですよ」

「ほう」

と内海は溜息混じりで奇抜な屏風絵を見ていたが、「サッパリ分からぬが……何だか、ぞっとなるほど怖いな」

「旦那には負けますよ」

綸太郎はおっと冗談だと口を塞《ふさ》いだ。

八

翌日、綸太郎と庄造は浦和宿を目指していた。

浦和宿は中山道《なかせん》の重要な宿場町だが、一歩離れると利根《とね》川の豊かな田園風景が広がり、その時節になるとサクラソウが咲き乱れ、旅情を駆り立てる所である。今はあちこちに柿の実が色づいていた。

内海の話によると、芳乃こと、お菊はしばらく旅籠の仲居見習いに入ったようだが、問屋場の主人に見初《みそ》められて、嫁に来ないかと誘われたということだった。すぐさま次の飼い主に慣れる子猫のようなお菊らしい行いだが、寮は利根川河畔の小高い丘にあった。

杉木立に囲まれて、真っ青な秋の空と川の流れに包まれた仕舞屋風の屋敷がある。町中にありそうな家だが、田畑の中にあるのもまた風流だった。

その近くまで来た庄造は、背中を押す綸太郎を振り返って、少したためらった。

「本当に会っていいんですかね？」

「このまま帰ってもいいぞ。だが折角、ここまで来たんだ。詫びの一言でもかけて来ればええやないか」

「もし俺を見て、気が変わったりしたら、せっかく嫁に行こうとしてるのに水を差すみたいで……」

「えらい自惚《うぬぼ》れ屋やな」

「そうだな。もう、すっかり忘れてるかもな。女は見切りが早いから」

そう言いながら屋敷に入って行こうとした時、中年の下働きの女が屋敷から出て来た。

野良着を身につけ、庭に植えている茄子《なす》や瓜をいじり始めた。庄造はもじもじとしていたが、思い切って一歩を踏み出し、

「ちょいと尋ねるが、ここに、お菊はいるかい？」

と垣根越しに声をかけた。女中は驚いたように振り返ると訝しげな顔になった。

「お菊……？」

「いや、名前は変えてるかもしれねえ。浦和宿の問屋場の主人の嫁になるという……」

「ああ、おしのさんかね」

以前、大和屋に名乗ったのと同じ名だと、綸太郎は思いながら聞いていた。

「可哀想にねえ……」

と女中は野良仕事の手を止めて、泥を払いながら、「三日前のことだよ。川で溺《おぼ》れて死んじまってねえ……」

「ええ!?」

余りにも唐突な話に、綸太郎も庄造も茫然《ぼうぜん》と立ち尽くした。庄造の胸は半鐘が打たれるように鼓動が高鳴っているのが分かる。

「どうしてだね？」

綸太郎は冷静さを取り戻して訊いた。

「宿場の問屋場は忌中でも何でもなかったし、手代に訊いたら、屋敷はここだと素直に教えてくれたが」

「それが……」

女中は言いにくそうに俯いて、「まだ正式に嫁になってたわけではないから、問屋場では葬式は出さないと……宿場外れの真行寺で無縁仏として葬ると」

「無縁仏、そんな無体な……どこで、溺れたりしたんや？」

「はい。すぐそこの河原で……」

と女中が指さすと、滔々《とうとう》と流れる紺碧の水面が、土手近くまで増水していて、溢れんばかりに流れていた。

「そこで遊んでいた小さな子供がいましてな、足を滑らせて落ちたんですよ。たまたま近くにいた、おしのさんはとっさに飛び込んで、その男の子を抱き留めたんですわ。ご覧のとおり、流れが速いですからね、あっという間に流されましたが、舟止めの杭に子供をしがみつかせて、自分はその下で子供の尻を押し上げてたんです」

庄造は愕然となって、しゃがみ込んだ。

「それを川漁師が見つけて、助けに舟を近づけたんだが、それを見て安心したのか……おしのさんは、そのまま沈んで、流されて行ってしもうたんですわ」

「！……」

「で、川下の淀みで……無惨な姿で……」

「それにしても、問屋場の主人は冷たいやないか。仮にも嫁にしようという女なら、ちゃんと供養してもええやないか」

綸太郎はぶつけどころのない苛立ちに襲われた。後一歩、早ければ、ひょっとしたら災難に巻き込まれなかったかもしれない。だが、庄造は、

「しかし、そのお陰で……子供は助かったんだ……俺が躊躇《ちゅうちょ》せず、すぐに来て、お菊に会ってたら、子供はひょっとして……」

と言いながら、己を納得させようとしているようだった。

問屋場の主人は、この事件が起こる少し前から、お菊のことを色々と調べていた。嫁にするのだから当然だろうが、素性の知れぬ女だと分かり、それに加えて、八州廻りや代官の役人から、

──騙り女。

かもしれぬと知らされてからは、気持ちはすっかり萎《な》えていた。

無縁仏は荼毘《だび》に付される事が多いから、既にお菊の亡骸《なきがら》を拝むこともできない。庄造はほんのわずかなすれ違いを悔やんでも悔やみきれなかった。あの時、「何処へでも行ってしまえ」と叫ばなければ、騙り女であることを責めなければと思ってみても、詮ないことであった。

「あ、そうだ。おまえさん方、おしのさんの知り合いなら持って帰って下さいな」

女中は屋敷に帰ると、すぐに戻って来た。長く太い竹筒を持っている。綸太郎たちが怪

訝に見やっていると、

「これですがな」

と女中が竹筒から出したのは、数枚の不可思議な絵だった。暗い色遣いの幾重もの日輪の図柄は、一見して庄造が描いたものだと分かった。

とっさに逃げ出したお菊が、この絵をどうして持っていたのかは分からない。お菊が手当たり次第に配っていた先から、戻して貰ったのかもしれない。いずれにせよ、お菊は庄造の所から逃げた後に集めたのであろう。

「この気色悪い絵がね、いずれ値打ちが出るんだと、おしのさんは大切そうに持ってたんですよ」

「これを……」

庄造はその絵をまじまじと見た。探していた大切なものに遭遇したかのように、丁寧に指先で撫でながら、

「こんなものを……お菊は……」

「お菊だか、おしのだか知らないけれど、とにかく私が持っていてもしょうがないし、旦那様に見つかれば燃やされるだけかもしれないから、もしよかったら、形見のつもりで持って帰って下さいな」

　庄造は何も答えられず、まばたきをしながら、破れるほど絵を見つめていた。その見つめる目頭がほんのりと赤らむと、つうっと一筋の涙が流れた。己でもなぜかは分からないが、壊してはならないものをわざと割ってしまったように、後味の悪い涙だった。

「若旦那……」

　綸太郎は何も答えずに、ただじっと秋風にバサバサと音を立てて揺れる絵を一緒に見ていた。庄造はその絵をつかんだまま、またうずくまって、地獄絵のような暗い闇の中を覗き込んでいた。

「バカだな……そんなに俺と居たきゃ、ずっと一緒に居ればよかったのに……素直に戻ってくればよかったのに……」

「それは違うな、庄造」

　と綸太郎は冷ややかに、まるで傷口に塩を擦り込むような言い草で、「おまえが、お菊の気持ちを分かってやらない限り、満たされなかったであろうな。ひょっとしたら、生きていることが不幸かもしれない」

「そんな、若旦那……」

「たったひとつの真実だったのやろな」

「え……？」

「おまえを想う気持ちだけは、嘘偽りがなかったのかもしれん。その分、存分に他の男は騙し続けることができた。そして、やっと、もう騙りも嘘もない暮らしができる。そんな夢を見ていたのかもしれへん……」

庄造は、お菊にいなくなられて、初めて大切なものを失った痛みを感じた。むろん、これまでも惚れた女は何人もいた。だが、お菊ほど自分を信じてくれた女はいなかったかもしれない。

「かげろうみたいな女だな……ふっと消えてしまった」

「庄造、おまえにだけは、純真な思いだったのやろうな」

ぽつりと綸太郎が呟いた途端、庄造は手にしていた絵を離した。

絵はあっという間に凧《たこ》のように舞い上がって、颯々《さっさつ》と飛ぶ白雲を追いかけるように飛び去った。

「あぁっ……」

と女中は勿体なさそうな顔で見上げたが、綸太郎と庄造は灯籠《とうろう》流しでも見送るような瞳で、雲間に消えるまで眺めていた。

その後、庄造はしばらく地獄絵を描き続けたが、やがて憑《つ》き物が取れたように肉筆の美人画に取り組み、歌川国貞《うたがわくにさだ》と並び称せられた絵師鷺山巨鴻になったことは、綸太郎だけが知っている。

第四話　秘する花

一

三日月坂を芸者の桃路とオコゼの玉八が歩いていると、急に行く手の石灯籠《いしどうろう》の火が消えた。俄《にわか》に暗闇になって、思わず玉八は桃路の袖にしがみついた。

「バカ、袖が破れるじゃないか」

「だ、だって……」

玉八は、鏡を見れば怖い顔なのに、幽霊が大嫌いだというのだから困ったものである。もっとも好きな奴はそうそういないであろうが、怖がる気持ちが、柳や枯れ尾花をお化けにするのである。

「しっかりおしよ、玉八。これから大切な座敷だってのに、着物を汚す訳にはいかないンだからねッ」

前にも一度、しがみつかれて坂を転がって着物や髪を駄目にしたどころか、足首まで痛めて、お座敷を断ったことがある。三日月坂と呼ばれているのは、満月の夜でないと足元が暗くて危ない露地だからである。それゆえ灯籠が曲がり角ごとに立っているのだが、油断をすると捻挫《ねんざ》をしてしまう。

目が慣れたところで、先に進もうとすると、

「うぎゃぎゃア！」

と玉八が情けない悲鳴をあげて、また思い切り桃路に抱きついてきた。

丁度、灯籠を覆うように、しだれ柳があって、不気味に揺れている。心なしか、白い燐光が浮かんだように見えたが、桃路は築地塀の向こうから洩れた提灯あかりだろうと思った。

「玉八！　放しなさいよッ、もう！　男でしょうがッ。ありゃ螢だよ」

「嘘でえ。秋も深まってンだからよ」

言いかけて、玉八は違う方を見た。

「あわわ……わわわ……姐さん、と、灯籠の後ろッ」

「またまた脅そうと思って、ふざけるんじゃないよ。さっ、急ぐわよッ」

と玉八を振り払って、先に進むと石畳に下駄の歯が引っかかって、つんのめりそうになり鼻緒が切れた。

「あっ」

前のめりに倒れそうになった桃路は、思わず誰かにしがみついた。が、その相手を見た瞬間、蛙が潰れたような声で飛び退《の》いた。桃路がしがみついたのは、髪を振り乱した青白

い顔の女だったのだ。

「で、で、出たア！」

玉八は全身を痙攣《けいれん》させてから硬直すると、そのままヘナヘナと崩れてしまった。さすがに桃路も驚愕して腰が砕けたが、冷静になって見ると、

「た、助けて……」

と必死に喘《あえ》いでいる女だった。

ゼイゼイと苦しそうな息である。年の頃は三十少し前であろうか。青梅縞の小袖は土くれて、逆にしがみついてくる女の指は泥で汚れていた。

「まあ大変……一体、どうしたの？　何があったンだい!?」

女は力が尽きたように、体をもたせかけてきた。桃路は懸命に抱き留めて、玉八を振り返ったが、こっちも失神したままだ。

「誰かッ、誰か来て！」


その女は、半刻後には、町医者の田原栄泉《たはらえいせん》の診療所に担ぎ込まれていた。

たまさか通りかかった綸太郎が、桃路の悲鳴を聞いて駆けつけたのである。玉八に喝《かつ》を入れて起こしてから、神楽坂上は赤城神社裏の町医者まで、女を運んだ。

近くには、大御番組や御持筒組など将軍護衛の番方や鉄砲衆の屋敷があったため、栄泉は御用医師も務めていた。その手練れの医師をもってしても、残念ながら、桃路が助けた女は息を引き取ってしまった。心の臓も肺臓もただれたように萎縮していたらしいが、原因は分からないという。

「ご覧のとおり、爪が割れるほど、泥をつかんだ痕跡がありましてな……どこかに閉じこめられていたのかもしれんな」

と町医者が言ったとおり、異様なことに巻き込まれていたのは明らかであった。

不審死ということで、神楽坂下の自身番から、北町同心の内海が来て検分をしたため、桃路は結局、座敷に出ることができなかった。不機嫌に取り調べに付き合っていたが、

「内海の旦那……私はただ出くわしただけですからね。何だかんだと聞かれたって、何も分かりはしませんよ」

と苛立った顔をすると、内海は待ってましたとばかりにニタリと笑って、

「そう言うなよ、桃路。おまえとも古い付き合いじゃねえか。しかも、咲花堂の若旦那と一緒のところに、妙な女と出逢うなんざ、うまくねえ」

「一緒だったのは玉八。若旦那は助けに来てくれただけ」

「なんにしろ、おまえたちが揃えば、妙な雲行きになることが多いからな」

皮肉っぽく内海は微笑したが、またぞろ桃路に関わって嬉しいのは明らかだった。その下心を見抜いて、

「旦那。事件にかこつけて、自身番に呼び出すなんてことは、やめて下さいよ。いつぞやも二人きりになった時に、やたらと手や肩を触ってきたけれど、あんなことは御免ですからね」

「ふん。減るもんじゃあるまいし」

カチンと来て何か言い返しそうになった桃路だったが、綸太郎がするりと滑り込むように話題を逸らした。

「内海の旦那。早いとこ、女の身元を調べる方が先やないですか？」

「うむ」

曖昧に頷きながら、亡骸《なきがら》の着物や帯を丁寧に調べていた内海は、己一人だけで納得した顔になって、

「やっぱりな……この女は上州《じょうしゅう》満徳《まんとく》寺に行ったはずの女だ」

と断言した。帯の裏側に挟んでいたお守りが満徳寺のものだったのである。実は、満徳寺に行く途中に消えた女が何人かいて、行方不明だという報せが、満徳寺から届いていたのである。

満徳寺とは、いわゆる『駆け込み寺』で、亭主や親、あるいは遊女屋の主などに酷い目に遭った女たちが逃げる寺である。哀れな女を助ける尼寺は諸国に数々あったが、幕府が認めていたのは、鎌倉東慶寺《かまくらとうけい》と上州満徳寺の二寺のみで、寺社奉行の支配下にあった。

元来、離縁を望む女を受け入れて、およそ二年間の独特の修行をした後、離縁が確定するというものであった。

もちろん、その間に、夫との協議や仲裁をすることもあったが、相続の権利もない時代である。逃げ出して来た女の覚悟は生半可なものではない。牛馬の扱いを受けた女にとっては、幾ら厳しい尼寺の勤めも極楽に感じたことであろう。

駆け込み寺まで自分で逃げて行ける者はなかなかいない。旅をするには町名主や旦那寺が出す道中手形が必要だし、路銀もかかる。追っ手によって乱暴に連れ戻されることもあるし、女の一人旅は野盗などにあう危険もあろう。

そのため、江戸府内には二ヶ所、満徳寺の宿坊があって、まずはそこに逃げ込んでから、寺役人が事情などを調べて諸般を勘案した後、本寺に送るのである。

「駆け込み寺に行ったはずの女がなぜ、こんな所に……」

綸太郎が疑念に思うまでもなく、内海は前々から探索をしていたのだ。

「どうせ、尼寺に行くのが嫌になったンだろうよ。そりゃ、本当に可哀想な女もいるだろう。だがな、中には亭主が嫌になっただの、借金が返せなくなっただのと、男から逃げる手だてとして利用する身勝手な女もいるのだ」

「いや、しかし……この女は、そうではありませんやろ。お医者様にも原因が分からないほど、酷い目にあってるのやから」

「逃げた後に、誰かにまたえらい目にあわされたのかもしれぬ」

「…………」

釈然とせず、亡骸をじっと見ていた綸太郎の顔を、内海は覗き込んで、

「なんだ。また何か、おまえさんなりの〝お見立て〟があるのか?」

と半ば期待をしたように目を輝かせた。

「土ですよ」

綸太郎は女の爪の土に触れた。

「土……?」

「これは粘土ですな。茶碗や壺を作るのに使う土です」

「仏は死ぬ前に、ロクロでも回してたと言うのか?」

「いいえ。見て下さいよ」

もう一度、綸太郎は女の爪を内海に篤《とく》と見せた。

「爪の奥深くまでついている。これは粘土を捏《こ》ねたとか、どこかから逃げる途中に付いたものではのうて、犬のように掘っていた……のかもしれまへん」

「どういう意味だ」

「それは私にも分かりませんよ。ただ、この女の着物や足の汚れから見ても、粘土……ロクロで回すような精製されたものではないが、良い土や。山の中の洞穴とか、そういう場所にいた……そういうことですな」

「この江戸のド真ん中で、か？」

「さあ。それを調べるのが、旦那でしょう」

綸太郎は、まるで挑戦状でも叩きつけるような顔になった。

二

満徳寺の宿坊は、芝神明《しばしんめい》と馬喰町《ばくろちょう》にあった。

関東郡代の屋敷の側である。上州満徳寺は徳川家ゆかりの名刹《めいさつ》であるから、幕府は寺社奉行や勘定奉行支配下の郡代を通じて、密に連絡を取っていたのであろう。

俗に寺宿と呼ばれた宿坊は、いわゆる駆け込み寺の出先機関で、寺役人一人が常駐しており、逃げ込んで来た女たちのために体を張って闘った。まさに女の盾になっていたのである。

内海が神楽坂で死んだ妙な女の件で、馬喰町の寺宿を訪ねた時、対応に出たのは、寺役人・向井恭平《むかいきょうへい》であった。長身の優しそうな笑みを湛《たた》えた御家人で、およそ乱暴な男や血眼《ちまなこ》になって追って来る亭主と対決するような男には見えなかった。

だが、芯はかなり強いとみえ、不審な女について探索に来たと内海が話しても、

「駆け込んで来た女については、一切の事を話さないのが決まりでござる」

と頭ごなしに拒絶するのだった。

「殺されたのが、この寺宿に来た女かもしれぬのだぞ。たとえ世俗から逃げた女であろうとも、舞い戻って来て死んだのだ。探索に手を貸してもよかろう」

「別れた亭主が、居所を探すために、町方同心を使うこともあるのでね」

「俺が嘘の探索をしてるとでも？」

内海はやや不快な顔になって、向井に詰め寄った。

寺社奉行管轄であることを盾に、あらゆる問い合わせを拒否することが、女を守る術《すべ》だとは内海も分かっている。しかし、事は殺しなのだ。頑《かたく》なに突っぱねようとすることにかえって不審感を覚えた。

「亡骸は、こっちで調べて、元亭主に預けておる。亭主は言ってたぜ……」

内海は訥々《とつとつ》と続けた。

「たしかに自分が殴る蹴るを繰り返していたから、別れてくれと泣いて逃げた。初めは、腹が立ってしょうがなかったが、駆け込み寺で過ごすうちにまた気持ちが戻るかもしれねえ。その間に、自分も優しい亭主に変わるつもりだと……でも、安楽な所へ行ったはずの女房が、妙な死に方をしたンだ。その訳を知りたくなるのは人情だろうよ」

「そう言われても困りますな」

その時、一方から、駆けて来る女がいる。

「助けて下さい！　助けて……」

思わず内海が身構えて見ると、桃路である。もちろん普段着で芸者の姿ではない。淡い紫の着物に白い帯をキリッとしめている。いかにも寺宿に逃げ込もうと必死の形相だ。

「あっ、おい」

内海が桃路の腕をつかもうとすると、向井は咄嗟にその腕をガンと拳骨《げんこつ》で払い、そのまま寺宿に逃げ込ませた。門を潜《くぐ》った途端、桃路は軽く目顔で頷いた。

――後は任せてね。

とでも言いたげである。桃路にどんな狙いがあるのか知らないが、内海はもはや手を伸ばすことができなかった。

寺宿には、役人以外に、世話をする女たちが何人かいる。駆け込んで来るのは、もちろん女だけだから、男と何かあってはならない。ゆえにたとえ薪割《まき》りや力仕事でも、世話役の女と駆け込んだ女たち自身がやっていた。本山に行けば、もっと厳しい仏業の鍛錬が待っているのだ。寺宿はその見習い修行のようなものだった。

桃路は、世話役頭のお久《ひさ》という女に、逃げて来た事情を話した。お久は尼ではないが、逃げた女たちから、

——おっかさん。

と親しみを込めて呼ばれているほどの、気丈だが優しさの滲み出ている初老の女だった。桃路は、芸者であることを隠して、適当な嘘を話した。もちろん、身元はきちんと寺役人が調べ、亭主なり、男なりと直談判をするから、出鱈目はすぐにバレてしまう。

ところが、亭主は咲花堂の綸太郎ということになっているのだ。

元々は綸太郎が、例の女の死に不審を抱いたことに始まる。爪についていた粘土は、陶器にするのにもってこいの質の高いものであると判断した。そのことだけでも、綸太郎の心に引っかかったのだが、

──これまた袖振りあう縁だ。

とばかりに、またぞろ綸太郎の〝気がかり〟と〝お節介〟の虫が湧いたのである。

もっとも、この〝作戦〟を立てたのは桃路の方だった。

実は、桃路の知り合いにも、遊女屋から逃げた女がいて、そのまま行方が分からないのだ。

以前は、桃路と同じ置屋の芸者をしていた志摩《しま》という娘だが、悪い男に惚れてしまって、それが因果で身を売るハメに陥ってしまった。よくある話だが、やくざ者の男に入れ揚げて、挙句の果てに、己が苦界《くがい》に沈んでしまったのだ。

なんとか寺宿に逃げたのだが、満徳寺に行ったという報せはなく、問い合わせても、

「そういう女は来ていない」

とのことだった。

志摩が行方不明ということと、先日の幽霊のように現れた女の死が、何処かで繋がっている。桃路にはそう思えて仕方がなかったのである。

お久は、桃路のことを、まるで自分のことのように深く心配して、

「そうですか。噂の咲花堂さんのお内儀でしたか」

「噂の……？」

「いい噂ですよ。立派だけれど気さくな人で、刀剣や書画骨董を見る目は当代随一だと。私には縁のないことですが、機会があれば一度訪ねてみたいと思っていたのです」

「あ、はは……外面《そとづら》がいいだけですよ。立派なのは、京の本店の父親の方でしょ」

「そんなに酷い人なのですか？」

「そりゃもう。草津《くさつ》の源泉みたいに、いつもブクブク沸騰してますからね」

桃路は綸太郎に少し悪い気がしたが芝居を続けた。

「それより、お久さん。何の報せも入っていなかったのですか？」

「報せ？」

「この寺宿に来た女の人が、行方知れずだってことですよ。さっき、八丁堀の旦那が訪ねて来てたみたいだけど、神楽坂で見つかった女の人の身元は分かってるんでしょ？　花川《はなかわ》戸《ど》の大工女房、お杉《すぎ》さんとか」

お久は詳しく知っている桃路のことを不思議に思ったようだが、寺役人から多少の事情は聞いていたらしく、

「まさか、お杉さんがねえ……」

と瞑目《めいもく》して合掌した後、あっさりと答えた。

「でも、お杉さんはたしかに、寺宿から、ちゃんと上州の満徳寺に向けて、送り出してま

すので、どういうことか私が聞きたいくらいです」

「そうですか、あなたでも分からないのですか……もう一人、志摩という娘も、行方知れずらしいのですが」

「え？　そのことは知りませんよ」

もちろん、志摩が女郎屋から逃げて来た女だということは知っていたが、本山から抜け出したことは知らないという。

「抜け出したというより、初めから来ていないらしいのですが……今回のお杉さんと同じような境遇と言えますよね」

「どういうことかしら？」

お久は、桃路の言っている意味がよく分からないというように首を傾げた。

「私もよく分かりません。ただ、寺宿に逃げ込んだのに、満徳寺まで行っていないということが不思議なのです」

桃路が責めるような口調でそう言うと、

「それは……」

と一瞬だけ、言葉を選ぶように口の中で繰り返してから、お久は言った。

「本山に連れて行く途中で逃げ出す人もいるんですよ。怖い男の目から離れると、自由になりたくなるものなんです。それに……」

「それに？」

「中には、江戸から出た後に、別の男と待ち合わせていて、駆け落ちする女の人もいます。寺宿を利用したのですね」

同心の内海も同じような事を言っていたことを、桃路は思い出した。

「まさか、あなたもその手合いではないでしょうね？」

お久の目が訝《いぶか》しむ色に変わった。

「まさか、全然、大丈夫です」

「でしたら、弱音を吐かず、頑張ることです。自助努力をする人でなければ、寺宿でも庇《かば》うことはできませんからね」

「はい。頑張ります」

案内された奥の一角に来ると、座敷や中庭、縁台や厨房などで、様々な年代の女性たちが数人、縫い物をしたり、機織《はたお》りをしたり、書き物をしたり、調理をしたりしていた。みんな、駆け込んで来た女たちである。本山の満徳寺への入山が決まるまで、女一人でも生きていけるように、手に職をつける指導も懇切丁寧に行われているのであった。

「あなたは何が出来ますか？」

お久の問いかけに、

「そうですね……三味線や踊りなら少々……」

「さすが咲花堂さんのお内儀だ。風流なことですね」

「え、まあ、下手の横好きというやつです」

そこへ、先程、門前で内海と揉めていた寺役人が来て、励ましの言葉を、女たち一人一人にかけた。向井も、お久同様、女たちから全幅の信頼を置かれているようだった。

お久が、お杉や志摩のことを向井に改めて尋ねると、

「うむ。私も寺社奉行から、先程、報せが届いて知った次第でな。もしかしたら、寺の暮らしに堪えられずに、逃げ出したのかもしれぬな……折角、手助けしたのに、残念な事だ」

それほど厳しい修行なのかと、女たちは不安になって、作業をしていた手を止め、向井を振り向いた。向井はその幾つもの視線を見つめ返しながら、

「心がけ次第だ。はっきり言っておくが、寺は寺で、決して楽ではない。だが、これまでの苦労を繰り返したり酷い男のもとに帰ることに比べれば、幸せな日々が続くはずだ。へこたれず頑張るのだぞ」

と叱咤《しった》激励したが、桃路は向井の言い草にどこか釈然としなかった。駆け込み寺から女

が消えたということが、いかにも不自然だったからである。

三

神楽坂咲花堂の店内は、いつものように閑古鳥《かんこ》が鳴いており、番頭峰吉の溜息だけが澱《よど》んでいた。

「はあ……来る客と言えば、気性の荒い芸者か頭の弱い幇間《たいこもち》、さもなければ顰《しか》めっ面の八丁堀ばかり……あんなに皺を寄せて、眉間が痛《いと》うないのやろか」

峰吉がぼやいた途端、

「別に痛くはない」

と内海の声があった。いつの間に来ていたのか、峰吉はヒエッと情けない声を洩らして顔を上げた。

「これは内海の旦那様、今日はえらい、天気がようおすな……」

峰吉が火がつきそうなほどの揉み手になるのへ、

「若旦那はおるか」

「いえ、今日は寄合があるとかで、間もなく戻って来るかとは思いますが」

「では、少し待つとするか」

内海は店内をぶらぶらと歩いて、陳列されている茶碗や壺を見ていたが、やはり最も興味がそそられたのは刀のようだ。

鑑賞用のものは、余計な鍔や柄など刀具は外され、まるで裸にされたように、鏡のような刀身だけが飾られている。剣を嗜《たしな》まない者ならば、近づくのが怖いほどの険しい輝きを発している。

じっと見つめていると、まさに吸い込まれそうな白銀で、鎬《しのぎ》造り、棟、小峰、腰反りが高くて踏ん張りのある太刀である。惚れ惚れと見とれていると、己の腰のものが、いかにも安っぽく感じられた。

「これほどの刀ならば、相手に触れずして斬れそうだな」

と内海が嘆息を洩らすと、どうせ買うこともできないくせに、とバカにしたような流し目をした峰吉は、気まずい空気を払うように刀の解説をしてみせた。

「天下五剣を知っておられますか？」

「いや、知らぬ」

「ほう。お侍様ならば、大方の人が憧れますがな……鬼丸國綱、三日月宗近、大典太光世、童子切安綱、数珠丸恒次という足利将軍家に寵愛《ちょうあい》された銘刀でございますわな。これは、その天下五刀と互角に戦った、天道海桔という逸品どす。戦塵《せんじん》の中に埋もれていたから、分かりませんでしたが、もし埋もれていなかったら、天下五刀に数えられてたかもしれませんな」

「なるほど……金があれば、是非にも手にしてみたいものだ」

「ま、三十俵二人扶持の町方の旦那には、高嶺《たかね》の花でしょうがな」

嫌味な峰吉の口調に少々腹が立って、振り向いた時、内海の鞘が近くの茶碗に触れて、コロリと落ちた。ガチャンと美しい程の音がした。

「あっ……！」

先に叫んだのは峰吉の方だった。

「だ、だから言わんこっちゃない……嫌な感じがしてたんや……かような店に入ったら、刀を腰から外して眺めるのは常識でおますやろうに……ああ」

「す、すまぬ……あ、すまぬ……」

明らかに狼狽しながら、割れた茶碗を拾おうとする内海に、

「アッ、動かンといて下さい。他のもんまで壊されたら、かないまへん」

と峰吉がぞんざいに言いながら片付けているところへ、綸太郎が帰って来た。その様子を見るなり、

「峰吉。また割ったのか⁉」

「とんでもございません。これは……」

「言い訳をするな。おまえはいつもそうや。きょろ作やから落とすのやない。物に対する情愛に欠けるのや。赤ん坊と同じに扱えと、しょっちゅう言うとるやろッ。出家の念仏嫌いやあるまいし、キチンと仕事しい！」

厳しい口調で叱ると、峰吉はうっと声を詰まらせたまま、言い返せなかった。

「あ、いや……」

内海が詫びようとするのへ、綸太郎は間髪逃さず声をかけた。

「ひょっとして、あの女のことですか？　お顔を見れば分かります。何か分かったンですな。どこぞで昼でも食べながら、話を聞かせておくれやす」

内海が気味悪くなるくらい丁寧な口調だった。綸太郎に誘われるままに店を出る内海を、峰吉は救いを求めるような目で見たが、

「また来るぞ」

とだけ言って外へ出た。二人の姿が消えてから、峰吉は、

「この阿呆。どついたろかッ」

と乱暴に箒《ほうき》で払うと、別の壺まで落としそうになった。が、すんでのところで抱き留め

て冷や汗を拭った。

「ひゃあ……危なかった……」


蕎麦屋《そば》の『甚六《じんろく》』に入った綸太郎と内海は、奥の小上がりに陣取った。

店内はわずか十人ばかりしか入れない程の広さである。それゆえに、蕎麦を茹《ゆ》でる湯気が籠もっており、秋風に沁みた体をほっと包んでくれる。ほのかな蕎麦粉の匂いもまた身近に感じるのだ。

蕎麦はその日に出る分だけを打つから、なくなれば店じまいとなる。だが、つゆは何代も〝返して〟出来たものだから、甘みや旨味が凝縮されており、癖になると毎日でも訪ねたい店だった。

「親父、せいろを二枚ずつ」

内海が勝手に注文をすると、綸太郎は酒もぬる燗《かん》で頼んだ。

「おいおい。俺はお勤め中だ」

「鰹節《かつおぶし》じゃあるまいし、何を堅いことを。旦那らしく、一杯やりましょうや」

「その前に、謝らねばならぬ事が……」

「ああ、茶碗のことなら結構です」

「知ってたのか？」

きょとんと内海が見るのへ、綸太郎は微笑みながら、

「理由はどうであれ、店の者が、お客はんを責めてはいけません。あの番頭は長年、うちの親父に可愛がられてるくせに、その辺が分かってないのです。勘弁してやって下さい」

「そう言われては……俺もバツが悪い。ま、今日のところは、店主のあんたの善意を素直に受けておこう。ただし、お上の仕事とか探索の話は別だ。よいな」

「へえ……」

内海は人に弱味を見せるのが嫌いなようだが、綸太郎に調べたことを話しに来たことからして、

――探索に行き詰まっている証。

であった。

思いもよらぬ綸太郎の見立てを、戴こうという腹は見え見えである。もちろん、綸太郎もそれを承知で、お上の事情を知りたいという本音がある。

ぬる燗を綸太郎がそそぐと、内海は嫌いでもなさそうに、ぐいっとやってから、

「ところで、お杉という、あの女……かなりの毒気を吸っていた、というのが検死にあった医者の話だ」

「毒気？」

「ああ。何の毒かは分からぬ。だが肺臓に浸潤していることから、銀山とか、そういう所に長くいたような症状と似ているというのだ」

「まさか、この江戸の真ん中に銀山はありませんよ」

「うむ……で、俺が調べたところではな、桃路が入った寺宿から、上州の満徳寺に向かった女のうち、何人かは途中で別の所へ連れて行かれた節があるのだ」

行方不明の女のことを調べるために、桃路が寺宿に潜り込んだのは、綸太郎と結託してのことだと、内海は承知している。

「でも、本山に行く折は、寺役人が一緒に行くのとちゃいますか？」

「その寺役人が一枚嚙んでる疑いも、捨て切れぬのだ」

「どういうことです。何か証でもあるのですか」

「それはまだハッキリしておらぬ。ハッキリせぬから、奉行所でも調べておるのだが……上役の与力連中も、寺社奉行管轄のことゆえな、腰が重い」

「役所という所は面倒なのですね」

「面倒どころか、複雑怪奇だ。それはとにかく、俺が寺社奉行直々に面を合わせることはできぬ。相手は大名だからな。しかし、駆け込み寺役人は、向井だけではなく、他に村上《むらかみ》浩助《こうすけ》と鈴木与兵衛《すずきよへえ》らがいる」

「そんなにいるのですか」

「寺宿は、その主に任せて、東慶寺や満徳寺に詰めている役人もいるからな。でだ……村上と鈴木に聞いたところ、向井という役人はどこか腹の読めぬ男だそうだ」

「腹の読めぬ……？」

「寺役人の中では新参者らしいがな。元は小納戸《こなんど》役だから、上様の覚えもある。その分、偉そうなところもあるらしい」

「旦那よりも？」

「からかうな。その向井をキッチリ調べないと、寺宿に潜り込んだ桃路に危害が及ぶやもしれぬぞ。もっとも、俺はあんな蓮っ葉な芸者、どうなろうと一向に構わぬが」

それが本音ではないことを、綸太郎は承知している。かといって惚れしている訳でもない。ちょっと気になるから虐《いじ》めてみたいという、ガキのような悪戯《いたずら》心だろうか。

「本当は……」

抱きたいだけかと、綸太郎がからかおうとしたとき、蕎麦が運ばれてきた。

内海は箸を取ると一瞬の間もおかずに、山葵《わさび》をつゆに溶かしたかと思うと、ズズッと吸い込むように蕎麦を食べはじめた。黙々と、鳥の嘴《くちばし》のように素早く蕎麦を箸先でつまむと、次の瞬間には軽くつゆに触れさせて、するりと口の中に入れる。一定の音律を刻むように、滑稽《こっけい》なくらい単調な仕草で食べた。

それを見ていた綸太郎は、ゆったりとした所作で、たっぷりと蕎麦をつゆに浸して食べると、内海は苛々した顔で、

「蕎麦はそんな悠長な食べ方しちゃならねえ。パッとサッとズルッといけねえか？」

「食べもんは、そんな急いじゃ体に悪うおますよ」

「ばかやろう。そんなことあ……ズズッ……体に……ズズッ……悪い訳が……ズズッ……ねえじゃねえか……ズズッ……はあ、美味かった。あれ、まだ食ってやがる！」

あっという間に二枚を平らげた内海だが、綸太郎は一枚目も半分くらい残している。

「初めて江戸で蕎麦を食べた時は驚きましたね。色は黒いし、出汁《だし》は濃いし」

「つゆと言え、つゆと」

「しかも、この黒々とした中に、うどんが入ってた日には、気持ちが悪かった」

「なんでだ？」

「江戸で、うどんを食って初めて分かった気がするんですよ。こちらでは、うどんも蕎麦もつゆで味をつけて食べるもんで。上方では、汁と一緒に飲んで食べるもんですからな」

「飲む？　ああ、こっちだって飲むぜ。おう、蕎麦湯を頼まあ」

言うよりも早く、親父が蕎麦湯を持って来る。それを、つゆの残りに足して薄めると、実に美味しそうに飲んだ。

「なるほど……」

綸太郎はしみじみと見て、「だったら初めから薄めててもいいんじゃ？」

「分かってねえな。ま、いいや、おまえに講釈したところで始まらねえ。そんな下らねえことよりも、いいな、何か気づいたことがあったら、どんな些細《ささい》な事でもいい。俺に話すンだぜ」

「旦那、どうして、俺に探索の話をなさるんです？」

「え、そりゃ……ま、いいじゃねえか。さっきも言っただろ。桃路はひょっとすると、もう虎穴《こけつ》に入ってるやもしれねえンだ」

危ういことに関しては嗅覚《きゅうかく》が優れている。そう言いたげな目で、残りのつゆをズズッと音を立てて飲み干した。

四

寺宿では、満徳寺への入山許可が出た女たちを集めて、寺役人の向井が、今後のことにつき説教をしていた。

「みんな喜ぶがよい。ようやく、寺社奉行から本山への送り状が届いた。これで晴れて、自由になれるのだ。もっとも、寺での修行は決して楽ではないぞ」

女たちは安堵して、手を取って頷きあっていた。世話役のお久も我が事のように喜んで見守っている。そんな様子を桃路も、片隅で眺めていた。

寺役人は駆け込んで来た者は誰でも入山させる訳ではない。身元や後見人、夫との事情などをつぶさに調べた上でないと、許しが出ない。ましてや、お尋ね者や訴訟中の者は、寺宿からも追放されることがあった。

さらに入山の前には、親や親類縁者と協議させて、できれば世俗でやり直せる機会を作るべく努力をさせた。直接、寺が仲介人となって、内済、つまり離縁することを夫に納得させることもした。

そういう幾重もの手続きや話し合いがあって、それでも夫が離縁に承諾しなかったり、凶悪な男に狙われる畏《おそ》れがあるときに限って入寺証文を出して、約二年程の勤めを終えて、離縁状を相手に書かせることができる。

もちろん、寺で暮らすのは只《ただ》ではない。数両という大金がかかるから、貧しい女は親兄弟をあてにしなければならず、それでもいない場合は世話人を探したり、借金したりすることもあった。〝仏の沙汰〟も金次第ということか。

そんな段階を経て、女たちはとりあえずは危難からは救われた。お久は、みんなを励まして別れの言葉を述べた。

「私も……実は、あなた方と同じ憂き目を味わった女だから、よく分かります。でもね、行く末を誓った人と生涯を全うできるとしたら、それが一番の幸せでしょ？　もし、ほんの少しでも未練があるなら、戻りたいのなら、今しかありませんよ」

女たちは首を横に振って、口々に後悔はないと言い切った。新しい人生を見つけることができた。そのためならば、二年余りの寺の修行など苦にならない。ひどい夫のことなど忘れて幸せになると、女たちは切実な思いを洩らしながら、寺宿の世話人たちに深々と頭を下げた。

「よかったね……みなさん」

桃路がそう言ったとき、向井が声をかけた。

「桃、だったかな」

「あ、はい……」

桃路は寺宿で、そう名乗っていた。嘘がバレたかと一瞬、緊張が走ったが、

「おまえも、この女たちと一緒に本山に連れて行ってやる」

「ええ!?」

「そんなに驚くことではあるまい。望んでいることではないのか？」

向井が、いかにも役人らしい冷静な目を向けると、桃路は思わず頷いて、

「はい……それは嬉しゅうございますが、あまりにも結論が早いかと思いまして」

「未練があるのか？」

「いえ、そういう訳では……でも、親兄弟や後見人との話し合いもまだ……」

「そんなものは時と場合による。おまえには切羽詰まったものがあった。わしの胸三寸で、どうとでも切り抜けさせてやる」

他の女たちは、桃路が少しばかり綺麗だから贔屓《ひいき》されたとか、裏金でもつかませたとかと誤解したが、とまれ一刻も早く逃げることができるに越したことはない。

「一緒に、行きましょうよ」

と女たちに誘われたが、お久だけは、どこか釈然としない顔で、向井を見ていた。

その翌日の昼下がり、向井に付き添われて、女八人が寺宿から出立、上州満徳寺を目指した。

千住宿《せんじゅ》に到着した時である。しばらく茶店で休んでいたが、

「桃……それから、絹《きぬ》。おまえたち二人は、別の道を行くから、こっちへ来い」

と向井に呼ばれ、みんなと別れさせられて船着場に連れて来られた。

「満徳寺に行くのではないのですか」

桃路が尋ねると、向井は淡々と、

「その前に、二、三日ばかり、手伝って貰いたいことがある」

「なんでしょうか」

「来れば分かる。おまえたちは詳細な手続きを省いて入山させてやるのだ。ま、修行の一環だと思え」

小舟に乗せられて、一旦《いったん》、大川に漕ぎ出たが、そのうち日が落ちて暗くなり、何処《どこ》をどう進んでいるか分からなくなった。

途中、弁当と一緒に差し出された竹筒の茶を飲むと、俄に眠くなってきて、桃と絹は二人ともぐったりとなった。

目が覚めた時は、辺りはすっかり暗くなっていた。

「私たちは……」

桃路が訝しげに見回しながら、絹を揺り起こした。まだ小舟の上である。同乗していたはずの向井の姿はなく、船頭の他に怪しげな浪人が二人、見張りのように桃路を睨んでいた。

「どういうこと……ここは、何処？」

掘割のような水路である。遠くに町灯籠か軒提灯の灯りが見えるが、辺りは鬱蒼とした樹木が覆い被さっていた。

浅い水路のせいか、小舟の底が川底に擦ったように揺れると、ギシギシと激しい音を立てて停まった。目の前には、小さな洞窟《どうくつ》があって、奥は真っ暗で見えない。

「何処なのですか……一体、私たちに何をさせようって言うンです？　あなた方は？　向井様は何処へ行かれたんです？」

立て続けに聞いたが、浪人たちは何一つ答えず、

「これも修行だと言われたはずだ」

と鋭い目を向けるだけだった。女への扱いが慣れている様子だ。浪人二人は以前から向井に雇われていて、何度も同じような事を繰り返していたのかもしれない。

「この洞窟の奥を五十間程入ったところに、小さな池がある。池というより、水溜《た》まりだ。膝ほどの深さだが、その池の中に、いくつもの鉄の箱が沈んでいる」

「鉄の……」

「手文庫程の大きさのものだ。それを持ち出して来るだけでよいのだ」

「一体、何なのですか」

桃路が疑惑の目を向けるのへ、浪人たちはやはり明瞭には答えずに、

「案ずることはない。修行のひとつだ。お勤めを終えるだけで、すぐさま入山出来るのだから、安心せい」

と龕灯《がんどう》をひとつ、桃路に手渡した。

「手文庫の鉄の箱を持って来るだけでいいのですね」

「そうだ」

桃路は仕方なく、裾を捲《まく》り上げて帯に留めると洞窟の奥に向かって入って行った。絹の方は得体の知れない怖さに震えていたが、ドンと背中を浪人に押されて、渋々、桃路に付いて行った。

「大丈夫。私がついてるから」

桃路は、絹の手をしっかり握り締めてやった。

――何かある。このことが私の前で亡くなった、お杉という女の人の死と関わりがあるに違いない。

そう桃路は直感して、一歩一歩、奥へと歩みを進めた。

龕灯の光に自分たちの影が揺れて、洞窟の天井や壁に不気味に映った。奥に行くにつれ

て、水位は少しずつ浅くなって来るものの、その代わり足場が悪くなり、滑りやすくなった。そこを右や左にわずかに屈曲しながら進んだ。

奥へ来ると小さな蠟燭が幾つも岩壁に掛けられてあって、行く手の小さな水溜まりは、淡い緑色で煌めいていた。その水面から、白い煙が湯気のように舞い上がっている。

「うっ」

と絹は口を押さえて、吐き出しそうな声を洩らした。

ほとんど同時に、桃路の鼻孔にも饐《す》えた臭いが侵入して来て、気持ち悪くなった。息を止めても目に沁みるほどの異臭は、ベッタリと汗のように着物に張りついてくる。

「な、なんなの……！」

行く手の水面はよく見ると、小さなあぶくがブッブッと発生している。長らく澱んだままの汚物混じりの溝《どぶ》よりも、ひどい悪臭であった。

「こんなことが、お勤めになるのかしら」

絹は怯えながらも、健気にも鉄箱を水溜まりの中から探そうとして、息を止めて腕を潜らせたが、とても我慢できる状態ではなかった。

「ううッ……」

それでも必死に堪えて、やっとこさ手にしたのは、確かに手文庫程の鉄の箱だった。女の手にはズシンと来て、肩や肘を痛めるほどの重量であった。

「これは……何なのかしら……」

桃路は別のことを考えながら、龕灯を天井や床に向けて様子を探っていたが、異様な洞窟だという以外には謎めいたものはない。ただ、鉄箱の中身は気になったので、開けようとしたが、鍵がかかった状態で、手ではどうしようもできなかった。

「桃さん……まだ沢山あるみたいよ」

龕灯を近づけると、淡緑の池の中に、ずらりと重ねるように鉄箱が並べられており、まだまだ数十個ほど連なっている。

「ずっと奥まで続いているようね……」

桃路は先まで進もうとしたが、

「そこまですることないよ。早く、一個ずつ持って戻りましょう」

と絹が焦った口調で言うので、桃路は龕灯を傍らの岩の出っ張りに置いて、鉄箱を取り上げた。そのとき、ふっとあかりが消えた。小さな蠟燭はあるものの、急に暗闇が広がったために、絹は悲鳴をあげた。ガンガンと声が跳ね返って激しく響いた。

「大丈夫よ……空気が少なくなって、火が消えたンだよ。戻りましょう」

桃路は鉄箱を抱えると、二人して急いで来た道を戻った。

わずか五十間程とはいえ、頭がつきそうな狭い真っ暗な洞窟の中では、何十里もある感じがする。恐怖心も重なって、本当に抜け出ることができるのかと思えるほどの長い道のりだった。

洞窟の出口がはっきり見える。外は月明かりもないはずだが、漆黒の中に比べれば、薄暮のように明るかった。出口が近づくにつれ、二人の足取りは軽くなった。

「持って来たわよッ。これで、いいんでしょ!?」

桃路は叩きつけるように、表で待っていた浪人に投げ出した。浪人はそれを赤ん坊でも抱きかかえるように、慌てて受け取った。

「ばかやろうッ。丁寧に扱わねえか」

「割れ物なんですか?」

「そうだ」

思わず答えた浪人に、桃路は疑念の目を投げかけて、

「そんな大切なものなんだ……一体何なのか聞かせて貰いましょうか」

「なんだと?」

「これが、入山のための修行とはとても思えないけど」

浪人二人はギラリと桃路を睨み据えた。

「いいから、黙って持って来い。持てるだけ持って来るんだ」

「なるほどねえ……」

桃路は浪人たちをキリリと眉を逆上げて睨み返して、

「ひょっとして、死んだお杉さんや私の知り合いの志摩ちゃんら……満徳寺に行っていない女たちは、この〝お勤め〟をさせられたンじゃないのかい？」

「女……余計な詮索はするな……さ、出来るだけ運んで来るのだ」

「やだね。こんな洞窟の中にいた日にゃ、喉が詰まって死んじまわあ。赤子みたいに大事なものなら、てめえで取りに行きな！」

桃路がまるで片膝を立てるように鉄火肌で怒鳴るのへ、浪人たちは一瞬ピクリとなったが、船頭の男が、

「いいから、続けさせろ」

と嗄れた低い声で言った。

背筋がぞっとするような底冷えのする響きだった。ずっとただの船頭だと思っていたが、手拭いで頬被りをしている顔を改めて見ると、窪《くぼ》んだ目をした髑髏《どくろ》のような、髪の白い男だった。

「こんな事をして……寺役人の向井様も承知してるわけかい⁉」

「でなきゃ、おめえたちをここへ連れて来れまい。女……」

と桃路に向かって船頭が目を剝いた。

「生きて帰りたければ言うことを聞くンだな。また芸者をして、浮き世を花と暮らしたいんならばな」

桃路は凝然《ぎょうぜん》となった。神楽坂の置屋の芸者だとバレていたのだ。

それを承知で向井は、ここへ連れて来たとみえる。満徳寺に送られた女ばかりが消えたとあっては、町方も動いていることだ、怪しまれると踏んだのであろう。桃路までも利用して運び出したい鉄箱とは一体何なのか。そっちの方が気になってきた。

「大人しく言うことを聞けば命までは取らぬ。さっ、よいと言うまで働け」

と浪人は刀を抜いて、突きつけた。

——こんな手合いは、ちょちょいと捻り上げて逃げられるのだが……。

桃路はキッと睨んだものの、下手をすれば絹まで犠牲になる。逃げる機会を見つけるまで、言いなりになるしかなかった。

五

翌早朝、咲花堂に転がり込んで来たオコゼの玉八は、勢い余って店内の骨董品を倒しそうになった。峰吉が悲鳴をあげて止めたが、小さな茶壺がひとつ犠牲になった。

「わ、若旦那！　偉いこった！」

「どないした。桃路に何かあったんか」

綸太郎は桃路の亭主ということになっている。

満徳寺に行くという報せを寺宿から受けてから、玉八を張りつかせていたのだが、千住から舟で連れ去られた桃路を見失ってしまったのだ。

「それがね旦那……妙なことに、桃路が乗せられた舟はたしかに、大川に出て、その後、江戸に戻って来たんですよ」

「江戸に？」

「へえ。しかも、柳橋《やなぎばし》から神田川に入って、佐久間河岸を抜けて、江戸川橋、それから中ノ橋を外堀の方へ向かったあたりで見失ったんですよ」

「中ノ橋なら、すぐそこやないか」

「へえ。あの辺りは武家地がほとんどで、掘割のような水路はねえんだ。その先の立慶橋まで行っていないことは、橋番の調べでも分かってるんだが……舟ごと消えたのは、どうも納得できねえんで」

「暢気《のんき》なことを言うな。こんな事をしてる間にも……」

中ノ橋近くの馬場の傍らに、鬱蒼とした小径があり、小さな荷舟しか通れない、細い溝のような水路があることを、玉八は思い出した。

そこを使ったとすれば、五軒《ごけん》町を経て、御老中浅山備前守《あさやまびぜんのかみ》の屋敷の裏あたりに至る。その先は二手に分かれていて、一方は赤城神社の方、もう一方は行元寺《ぎょうげんじ》の方へ流れている。だが、その辺りを、玉八は一晩中探していたが、何も見つけ出すことができなかったというのだ。

「この近くまで来たのはたしかなんだ」

「妙な塩梅だな……」

「へえ。上州に向かった者をどうして、こんな所まで……水路はそれぞれ境内で行き止まりなのに……」

「行元寺。肴《さかな》町、か……三日月坂のすぐ近くやないか」

綸太郎はハッと思い出した。

「玉八、おまえが初め、幽霊と間違えたお杉と会った所が、その辺りやな」

「あ、そういや……」

「そうか……やはり、三日月坂に何かあるのやもしれへんな」

綸太郎は急に胸騒ぎがしてきた。だが、それが何を意味しているのか、まだ分からない。焦る気持ちだけが込み上げて来た。

そのまま飛び出して、三日月坂まで駆けて行き、周辺を歩き回った。

もちろん玉八も一緒である。行元寺の境内を突き抜けて、裏手に回り、掘割を見てみるが、水が少なくてとても小舟を曳航《えいこう》することはできまい。

大きな樹木に覆われて、鬱蒼とした墓地を抜けると、枯井戸があった。

長い間、誰も踏み入れていないことは、井戸端の荒れ果てた釣瓶の支柱や、生え放題の雑草で分かる。綸太郎が灌木の枝を避けながら近づくと、ゴリッと硬いものを踏み割った感触があった。玉八も同じようなものを踏んだらしく、何気なく蹴るとコロリ転げたのは、髑髏だった。

「う、うわああ！　しゃ、しゃれこうべ！」

凝然と見た玉八は、雷に打たれたように全身を硬直させると、声もなく棒のように綸太郎めがけて倒れてきた。

白目を剥いて、口から泡を吹いている。

「お、おいッ」

「まったく、役に立たぬ奴やなぁ」

綸太郎は玉八を横たえておいてから、藪の中に横たわっている骸骨を見た。この時代、土左衛門が川に流れてくることは、よくあったというが、地面に置かれたままのことはあまりない。もっとも墓場の裏手となると、めったに人も近づかないから、誰も気づかなかったのかもしれない。

着物や帯から見て女だと分かる。

「いや……まいった。こりゃ俺の出る幕やなさそうや……」

玉八を背負って戻ろうとしたとき、枯井戸の中から、ひゃああ、と女の悲鳴のような声が聞こえた。大概のことには動じない綸太郎も、さすがに気持ちが悪くなってきた。

井戸を覗こうとは思わなかったが、その縁には、真新しい土が付着している。

「これは……」

お杉の指の爪にぎっしり詰まっていた赤味を帯びた粘土である。綸太郎は、まさかとは思ったが、その土をそっと撫でてみると、まさにその土だった。

「あの女……お杉は、この井戸から出て来たのか……!?」

綸太郎は恐る恐る覗き込んでみると、井戸は真っ暗で、ストンとまっすぐ落ちていた。小石を投げてみたが水音はせず、カラコロと転がる反響だけだった。

――さっき聞こえた女の悲鳴は、錯覚なのか……？

井戸の中の壁は、小さな石塀のようになっており、女は石と石の隙間をつかんで、登って来たのかもしれない。

――この女も、そうやって登って這い出て来たものの、ここで力尽きてしまったのかもしれへんな。

と髑髏を見下ろしていた。

半刻後には、北町同心の内海が、岡っ引や町方中間などを引き連れて、骸骨の検死や井戸の探索を始めた。

ところが、井戸に入ろうとすると、激しい異臭と原因が分からぬ毒気が充満しているので、十分に探索することができなかった。井戸の底に着いた途端、役人たちは気を失ってしまったのだ。それを引き上げて、助けるだけでも大変だった。

「そうか……そういうことやったのか……」

と綸太郎は己一人が得心したように頷くと、内海は訝しげに、

「何か心当たりでもあるのか、咲花堂」

「ひょっとしたら、この井戸の底には、ええ陶土が眠ってるのかもしれへんな」

「陶土？」

「陶器を作るのに相応しい土です。俺が見たところでは、あの土は、大堀相馬焼に使われるものと……」

相馬駒焼と並び称される焼物で、元禄時代に相馬六万国窯が開かれた。相馬駒焼は京の名匠野々村仁清《ののむらにんせい》に学んだ田代清治右衛門を祖とする名工で、東北最古の登り窯を擁する。『青ひび』と『玉子手』と呼ばれる優雅な中に伸びやかさのある作風は、まさに〝秘すれば花〟の如く、藩の御用窯だけで作られ、庶民が目にすることのできるものではない。それに対して、大堀相馬焼は民間の窯であるが、もちろん藩の保護は受けており、窯元は実に百を超える。

「その独特な陶土と似たものが、枯井戸の下にあるんでしょうな」

綸太郎が大発見でもしたように言うと、内海は首を傾げて、

「だからといって、そこで何を……」

「いい土欲しさに盗む者もいますがね」

「毒素があるのは、なぜだ」

「さあ……戦国の世の折は、金銀の器を埋めたりしていて、土の中にある硝酸や硫黄と混

じって毒素が溜まる洞穴などはままあったと言いますから、その類かもしれんが……旦那、だとしたら、余計に早《はよ》う行方を！」

綸太郎は桃路の姿が消えたことで、気持ちが苛々としていた。自分のせいだという負い目もある。何より、身の上が心配だ。居所を早く探すことが先決だった。


その日の午後のことである。

内海に呼ばれて、神楽坂下の自身番まで来た寺宿世話役のお久は、髑髏が身に纏《まと》っていた紫陽花《あじさい》柄の着物を見て、愕然となった。もちろん、お久に骸骨は見せないが、

「やはり、覚えがあるのか？」

と内海に問いかけられて、悄然《しょうぜん》と頷いた。

「覚えがあるどころか……これは、私が仕立て直した着物ですから……朽ちかけた本山のお守りも、たしかに……志摩ちゃんのものです。はい……」

桃路が探していた娘である。

「どうして、こんな目にあったか、心当たりはないか？」

「まったく……」

ありませんと言いかけた声が掠《かす》れて、お久はぶるぶると震えて、まともに受け答えがで

きなくなっていた。それほどに激しい衝撃を受けていたのだ。

「可哀想に……折角、悪い男から逃げることができたのに……」

余りにも哀れだと、お久は無念そうに涙を流した。ぱさついた白髪が、尚一層、悔しさを語っているようであった。

「しかしな、お久。昨日、満徳寺に向かった女たちのうち、桃路と絹の二人だけは、千住宿で舟に乗せられて、江戸に舞い戻って来たのだ」

「桃路……？」

「ああ。実はな……」

お杉の事件がきっかけで、志摩の居所も知りたいという思いで、桃路が寺宿に忍び込んでいたことを、内海は話した。咲花堂との関係も正直に打ち明けると、お久は納得したように頷いて、

「どうりで、他の女の人のように、切羽詰まった感じがしなかったはずですね……」

「そんなことより、どうなのだ？」

内海は険しい目を吊り上げて、「見ていた者の話では、寺役人の向井が命じたことだというが……一体、何処へ連れて行ったのだ」

「知りません」

「正直に言え」

「本当に分かりません。でも私は……向井様を信じております。私を寺宿の世話役にして下さったのも、向井様なのです」

「そんな甘っちょろい話を訊いているのではない。こうして、人が死んでいるのだ！　生半可な事を言いやがると、てめぇも同罪だッ。駆け込み寺に来た女を、なぜだか知らぬが、無惨に殺しやがった罪のな！」

いつもの内海らしい怒りが爆発すると、傍らで聞いていた綸太郎が、思わず止めに入った。

「旦那。知らないと言ってるじゃないですか」

「咲花堂、てめえも甘いンだ！」

「だったら、寺役人を直に調べればいいじゃないですか。支配違いだのなんだの、そんなの関わりあらへんやないですか」

「黙れ……」

「いいえ、黙りません」

綸太郎は内海がカッとくる肩を押さえて、まあ任せてくれと目配せをしてから、お久を振り向いた。

「あんた、たった今、向井を信じてると言うたな」

「はい」

「根拠はなんや」

「恩人だからです。私が……一番、苦しんでいた時の」

「この着物を着ていた娘……志摩と関わりがあるのか？」

お久は不思議そうに綸太郎を見上げて、

「どうして、そう？」

「着物を仕立て直してやった程、思い入れがあったということや。しかも、この着物は西陣織のかなりええものやし、志摩という娘が着るわりには、子供っぽいと思ってな……桃路の話では、志摩は遊女をしてたような女やさかいな」

「ようお見通しで……」

乱れた鬢を掻き上げると、お久は悲しみを堪える声で訥々と続けた。

「私は娘を亡くしているんです。流行《はや》り病で……もう十年も前になりますが……生きていれば、二十三になります」

「志摩と同い年くらいか」

「かもしれません……私は娘を失ってから、亭主とうまくいかなくなり、暮らしは荒れ果てて……娘が死んだのは私のせいだとばかりに、亭主は大酒を飲んだ上に大暴れ……毎日、生傷が絶えませんでした」

「…………」

「生きるのが、ほとほと嫌になりましてねえ、死のうとしていた……そんな時です。向井様と知り合ったのは。その時、向井様はこう言ってくれました……」

と短い溜息をつくと、ほんの昨日の出来事のように話した。

「輪廻転生《りんねてんしょう》ということがある。娘さんは死んだのではない。生まれ変わって、この世の中のどこかにいる。だから、きっとまた会える日が来る……と。ただの慰めと思っておりました。でも、それから何年も経って……いたんです。向井様の言ったとおり、娘の生まれ変わりが……私は、寺宿に逃げて来た志摩さんを初めて見た時、そう感じたんです」

「そんなに……」

「はい。似てました。面影も立ち居振る舞いも……同じ年頃まで生きていたら、きっとこうだろうって……私の思い込みと言われればそれまでです。でも、生きててよかった……寺宿で頑張っててよかったって……」

じっと聞いていた綸太郎は、お久に藍《あい》染めの手拭いを渡した。

「だったら余計、調べ直す必要があるんじゃないのかな？　あんたの娘の身代わりまでが、酷い目にあってたのだから……満徳寺に行ったことになったまま」

「はい……はい……」

お久は藍染めの手拭いで涙を拭った。そして、小さな声でぽつりと言った。

「向井様は、私にだけは正直に話してくれると思います……そう信じています……」

六

すぐさま寺宿に帰ったお久は、向井に問い質《ただ》していた。

「そんな事を訊いてどうする」

「向井様は、桃さんと絹さんの行方を知っているのですか？」

「行方も何も……本山に向かっているであろう。まだ到着するのは先だがな。どうした、わしが同行しなかったことが悪いのか？」

「本当のことを話して下さい」

「何が言いたいのだ」

お久は深い溜息をつくと、帳面を開いてサッと突きつけた。

「では、お訊きします、向井様。私たちが送り出した女と、本山が受け入れた女たちの数が少し違うのは、どういう訳ですか」

「………」

「本山に入らなかった女たちは、何処でどうしているのですか？　志摩の亡骸が見つかった、あの井戸と関わりがあるのですか」

必死に食い下がるように、お久は向井にすがりついた。

「教えて下さい。昨日、発《た》った人たちの中の誰か……いいえ、桃さんと絹さんも、同じような目にあうのですか！」

向井はじっとお久を睨み返していたが、小馬鹿にしたように息を吐くと、

「それ以上、出しゃばるな。でないと……女たちの命はない」

「どういうことですか！」

「わしを恩人と思うている。おまえは常々、そう言っておるな」

「その通りです。ですから、何か恐ろしいことをしているのなら……」

遮るようにグイッとお久の肩をつかんだ向井は、帳面を奪い取った。

「いずれ事は終わる。さすれば、何事もなかったように、あの井戸は埋める」

「……一体、どうして」

「余計な詮索はするなと言うておるのだ。それが、おまえの出来る唯一のことだ」

鬼のような異様な顔になった向井を、お久は兢々《きょうきょう》と見ていたが、心の中では、

――どうしてしまったのか……まるで人が変わってしまったみたいに……私はどうすればよいのか……向井様……この私にも、正直に話して下さらないのですか。

と悲痛に叫んだ。

向井は鼻で笑った。

「お久。わしは寺役人だぞ。哀れな女の命運は、この手で決まるのだ。バカな女のために、ろくに金にもならぬ仕事を引き受けてやっておるのだ。どうせ、生きていてもいなくても、どうでもよい女どもではないか。おまえが案ずることではない」

「そ、そんな……」

哀れむような、それでいて責めるように向井を見つめるお久の瞳には、疑念の色がじんわりと広がっていた。

「そんな目で見るな、お久。おまえは生まれもって心根の優しい女。娘が流行り病で死んだことですら、己のせいだと思い続け、死を選べないのなら、仏門に入るとまで覚悟したのだからな」

と向井は、いつものような優しい顔になって、

「辛くて苦しい女の身の上の女に、やすらぎを与えるには、おまえのような女が要るの

だ。だから、寺宿の世話役を、おまえに……」

「だったら、なぜ、どうでもよい女どもなどと言うのですか……」

お久は不信感を拭えず、「桃さんと絹さんが、どこでどんな目にあっているか私には分かりません……でも、もし何かあったら、私も死にます。それが、寺宿で、あの人たちの世話をして来た私の、せめてもの責務です」

「お久……」

「向井様に初めて会った時、とても懐かしい感じがした……匂いがした……それが、どうして変わってしまったのです……」

「変わったのではない。昔からだ」

唐突な言い草に、お久は戸惑った。

「見せてやろう」

と向井は自分の書斎へ誘《いざな》った。

きちんと整理整頓された書棚には、淡い匂いの香が炷《た》かれてあって、障子越しに射し込んでくる柔らかな日射しには温もりがあった。涼やかな秋のそよ風が入り混じって、心地のよい書斎だった。同じ寺宿の中にありながら、決して人を近づけない部屋だった。

お久が入って来ると、向井は床の間に置いてある八寸厚の碁盤をずらした。その下の床板がずれるようになっていて、何やら細工を動かすと、畳一枚分が斜めに立ち上がり、床下が露わになった。

「……これだよ」

向井はそこから、鉄製の手文庫を引き上げて、お久の前に丁寧に置いた。

「何でしょうか」

床下には、まだ何十個もの同じ手文庫が積み重ねて置かれていた。それをちらりと見たお久は、一体何なのか、想像だにつかなかった。

「見ろ」

手文庫をカチリと開けると、その中には、薄い黄色の菊花形に白い漆《うるし》を流しかけたような、不思議な茶碗があった。

「分かるまいな……仁清だ。京焼の巨匠、野々村仁清が作りし名器だ」

「………」

お久は啞然と見ていた。仁清だから吃驚したのではない。わざわざ茶器を隠し持っていることが不思議でならなかったのだ。だが、向井は、そんなお久の思いなど分からず、自慢げに掲げて、

「驚くのも無理はあるまい。おまえなんぞが目にできぬ代物だからな。そもそも仁清とい

えば、金銀で彩られた鮮やかで絢爛豪華な色絵が多い。当代一流の絵師に描かせたりしてるゆえな」

江戸初期に京の仁和寺前に窯を開いた野々村仁清はその優雅でありながら豪快な作風が評価され、茶の師匠である金森宗和《かなもりそうわ》の計らいもあって、将軍家や加賀百万石をはじめ、多くの武家に〝寵愛〟された。

仁清の一番弟子は、尾形乾山《おがたけんざん》だが、相馬藩六万石に保護された田代清治右衛門も、その一人である。仁清の俗名は、清右衛門という。その名を戴くほど、師匠からの信頼が厚かった陶工なのだ。

その縁で、仁清は、相馬藩の江戸上屋敷在府の藩主に、百八個の茶器を贈ったとされている。

「百八とは、分かるか？　人間の煩悩の数だ。その数だけ茶器を作ることによって、煩悩の世界へ入ろうとしたのやもしれぬ。だが、その作風は、このように絢爛豪華な仁清ではなく、見方によっては泥臭い〝侘び〟、それでいて人間の奥深くに眠る闇というか、魔というのか、そのような鋭さがある」

「そうですか？」

「おまえのような凡人には分かるまいが……」

向井は目を爛々と輝かせて、「この〝端整〟な茶碗にこそ、仁清の本分があるのだ」

「これが、何なのですか。志摩ちゃんたちと何の関わりが……」

「そう焦るな。ああ、わしは感謝しているとも、女どもにな」

「意味が分かりませんが……」

「ふふふ。この茶碗は、市ヶ谷御門外の相馬藩邸に贈られたはずだが、尾張様の増築もあって、移転させられた。しかし、相馬焼に相応しい土を、行元寺の裏手で見つけて隠し掘りをしていて崩落したのだ……その折、蔵に保管していた百八の仁清も埋もれた……という訳だ」

「行元寺って、神楽坂の……」

「そうだ。あれだけの急坂ということは、つまりはそこが山だということだ」

「山……」

「ああ、宝の山だ。わずかに坑道が残っていてな、そこから人が入れるのだが、すぐに毒気で倒れてしまう。だが、男よりも、女の方が長い間堪えることができる。それが分かってから、満徳寺に送る前の修行と称して、手伝わせていたのだ。事実、死なずに無事、送り届けられた女もおろうが」

「そんなことのために……」

何気なく洩らした、そのお久の言葉に、向井はいきなり激昂《げっこう》した。

「くわッ！　そんなもののためにだと!?　貴様アッ、野々村仁清がどれだけのモノなのか知っておるのか！　しかも、秘する花の如く、艶やかな色彩美の裏では、かような枯山水のような趣《おもむき》のあるものを、ただただ、一人の藩主のためだけに作っていたのだ。その値打ちが分からぬのか！」

「分かりません。私は……あなたが何を考えているのか……本当に分からなくなりました……向井様……向井様!?」

苛立ちを隠しきれない向井は、一瞬、唸ったような声をあげて、脇差を抜き払って、お久に向かって振り上げたが、

「おのれッ……」

と叫んだ後、一瞬、我に返ったのか鞘に納めた。

「おまえに分かってくれとは言わぬ。せめて邪魔をするな。後まだ、四十個程が洞窟の中で眠っているのだ。見よ、この鉄箱を。これほどまでして守ろうとした逸品なのだ。わしは、何が何でもすべて集める。すべてな」

異様なまでに執着心の深い蒐集家《しゅうしゅうか》の顔になって、向井は腹の底から、じわじわと沸き上がってくるような笑い声を洩らした。そして、目的を達するまでは手段を選ばぬとでも

言いたげに、鋭い目つきになって、お久を睨みつけるのであった。

七

お久からは何の報せも来ないので、綸太郎はその身を案じていた。

町方は、内海の采配《さいはい》のもとに、枯井戸周辺やその裏手から神田川に至る水路を、隈無く探索していたが、手掛かりがないまま、時だけが虚しく過ぎていた。

そんな時、玉八が一艘《そう》の小舟を見つけて来た。桃路を見失ったのは己のせいだと、懸命に探していたのであろう。

その舟は水路から引きずり上げられて、半壊して藪の中に隠すようにあったから、桃路を乗せたものとは思わなかった。しかし、桃路は密《ひそ》かに行方を、綸太郎や玉八に報せようとしていたのか、バラバラにした数珠を、逃げる途中で所々に落としていたのだ。

目印としては実に心許ないものだが、万が一のことがあったら、居場所くらいは探して貰いたいという必死の覚悟だったのかもしれない。

「姐さん」

玉八は、心底、心配しながら、鬱蒼と杉木立の茂った灌木の枝が張り出す水路を、岡っ引や町方中間らに混じって、懸命に探した。もちろん、綸太郎も一緒だ。

敵は町奉行所の探索を察知して、早手回しに二人を殺しているとも考えられる。最悪の事態だけは免《まぬが》れて欲しいと、綸太郎は心の中で祈っていた。

「探せ、探せ！　どんな小さな事も見落とすンじゃねえぞ！」

内海は捕方たちにも発破をかけて、怪しい者がいれば、すぐさま捕縛するように命じながら探していた。

「狭い所なのだ。必ず見つかるはずだ」

町奉行所では、綸太郎の考えを取り入れて、枯井戸と繋がる洞穴が、どこか水路沿いにあると見て練り歩くように調べていた。

お杉たち女は、洞穴から奥に入り、それが裏手の井戸に繋がっているのを見つけ、必死に逃げようとした。見張りの男は毒気に弱いから追うことができない。志摩も、なんとか必死で逃げ口を見つけたのに違いない。しかし不幸にも、助けを求めることができずに果ててしまったのだ。そんなふうに綸太郎が考えていると、

「あった！　あったぞ！」

岡っ引の声が響いた。続いて伝令をするように、「こっちだ、こっちだ！」と次々と声が飛び交い、綸太郎と内海も足場の悪い側溝の中を、膝を痛めながらも進んだ。その後か

ら、玉八も犬のように追って来る。

「おうッ」

藪を分けて、綸太郎が見たのは、洞窟だった。

「これだッ……これに違いあるまい」

中を覗いて見ても、暗がりが続くだけで何も見えない。

「松明《たいまつ》！　松明をよこせ！」

と内海が叫ぶと、町方中間が運んで来たが、照らしても奥までは見えない。かといって、中へ入ると、またぞろ枯井戸と同じように、毒気を吸って倒れてしまうに違いない。

「お～い、誰かいるかッ！　お～い！」

綸太郎の声がグワングワン――と轟くが、返事はない。

「桃路イ！　俺だア！　北町の内海だア！　いないのかア！」

声の限りに叫ぶと、奥の方で、仄《ほの》かに光が揺れた気がした。

――誰かいる。桃路かもしれねえ。

綸太郎は確信して、思わず松明をもぎ取って洞窟に飛び込んでいた。足元の水は澱んでおり、雪駄に絡みつく泥濘《ぬかるみ》を蹴散らすように奥を急いだ。

「おい若旦那！　危ないぞ、こら！　引き返せ、このバカッ！」

内海は叫んだが、構わず綸太郎は奥を目指した。

「チェッ」

舌打ちをして内海が続くと、捕方たちも仕方なく追った。上役が行くのに配下が知らぬ顔をする訳にはいかぬ。何かあれば、引きずってでも連れ戻すためだ。

しばらく行って、緩やかに右折すると、綸太郎の目に小さな蠟燭の炎が見えた。

「おいッ」

蠟燭はすぐに松明の灯りに消されたが、代わりに浮かび上がったのは、じっと抱き合ったまま、岩陰に潜んでいる桃路と絹の姿であった。

「桃路……大丈夫だったか、桃路……」

岩陰から出て来た桃路と絹は、夢遊病者のようにふらふらしていた。

「しっかりしろ、おい」

駆け寄って桃路を抱き寄せると、内海も今にも倒れそうな絹を支えた。

「若旦那……やっぱり来てくれたんだ。若旦那……」

「おいおい。俺だって来たんだぜ」

内海はそう呟いたが、桃路はわあっと堰《せき》を切ったように泣き出して、綸太郎に抱きついた。玉八は安堵したのか、肩の力が抜けて倒れそうになった。安堵した途端、俄に悪臭を

きつく感じはじめて、

「若旦那ッ。早く表に……でないと、俺たちまでが、早く早く……」

玉八に促《うなが》されて、急いで退散をする綸太郎たちであった。

その時――。

洞窟の表で、何やら騒々しい声がした。

刃を交える音もする。

――すわッ。何事だ⁉

内海がバチャバチャとしつこく絡みついてくる泥濘を蹴るように急いで戻ると、表の水路では、浪人者と岡っ引たちが激しく揉み合っていた。

浪人に斬られたのであろう。既に、血を出して倒れている町方中間や捕方もいた。浪人たちは、洞窟の入り口を爆破して土砂崩れを起こして塞ごうとしていたのだ。事情を知った女ともども生き埋めにするためだ。

「貴様らッ！」

洞窟から出て来るなり、内海の剣が鋭く鞘走ると、浪人二人の刀を弾き落とし、さらに踏み込んで一人の喉元を斬り裂いた。返す刀で、もう一人の浪人を斬ろうとしたが、手首を斬り落とすだけで、刀を引いた。

悲鳴をあげる目の窪んだ白髪の浪人を押さえつけて、

「てめえには証人になって貰う。せいぜい生き恥を晒すンだな」

と内海は啖呵を切った。

桃路たちは、逃げようとしたが浪人たちに斬られそうになったので、洞窟の奥ならば、毒素に弱い男の浪人たちが追って来ることはないと、助けを待って我慢していたのだ。


それからすぐ、寺役人の向井恭平は、町奉行所に呼び出されたが、

「知らぬ存ぜぬ」

を通して、その他の一切は口に出さなかった。仮にも寺社奉行支配の役人を務める御家人である。不浄役人の町方に吟味される謂れはないと断固、突っぱねていた。

だが、その強気もすぐに剝がれることになった。

お久が、お恐れながらと申し出たからである。もっとも、寺宿の世話役の女一人が証言をしたところで、何の不利益もないと、向井は高をくくっていた。

事実、仁清の茶碗を隠し持っていたことが発覚したが、

「それは、私の先祖が将軍家から拝領したものだ」

と言い逃れをしたので、評定所の方でも扱いに困ってしまった。下々の、しかも、曰《いわ》く

ある女の一人や二人がいなくなった事件で、相馬藩に確認することも憚《はばか》られ、ましてや、将軍家直々に、事の真相を問い質すことなどできるわけがない。小納戸役を代々務めた家柄の向井だけに、曖昧に幕引きされることも読んでいたのだ。

「往生際の悪い奴だな」

内海はどうにも向井を許すことができなかった。かといって、問答無用に斬り捨てる訳にはいかないし、黙って引き下がるのも納得できない。

「旦那……こうしたら、どうです？　奉行所で、あの洞窟を危険だということで、すべて土砂で埋めるのです」

「しかし、あそこには……」

「仁清の茶碗があると知った奴らが、またぞろ盗み掘りに入るかもしれへん。そしたら、命を落とすかもしれないでしょうが。ましてや、子供でも過って入ったら、えらいことです」

「そりゃ、そうだな」

内海は普請方にも協力を要請して、埋め立てることを決定し、高札で知らしめた。

同時に、向井の話が事実かどうかを調べると称して、咲花堂の上条綸太郎が、仁清の茶碗の鑑定をすることになった。

既に、町奉行所から、茶碗を戻されていた向井のもとを、綸太郎は訪ねた。

「鑑定などと……そんな事をして、どうするつもりだ。畏れ多くも、将軍家から拝領した逸品だぞ」

「本阿弥家から、依頼を受けて来たまで」

綸太郎は武家並に裃《かみしも》を着衣し、威儀を正している。

向井も骨董を嗜むのならば、公儀目利き役の本阿弥家と咲花堂の関わりくらいは知っているはずだ。言いたい文句は飲み込んで、黙って見守っていたが、

「なるほどな……見事な逸品だ」

と綸太郎が声を洩らした途端、向井はにんまりと満足そうに微笑をたたえた。

「この独特の単色の釉薬を流す技法は、他の者には真似ができないもの。殊にこの、戦国桃山《ももやま》の流行《はやり》を模したかぶいた意匠は、見る者の心をとらえて離さしまへんな……釉と色絵意匠の巧みな混ざり合いが、仁清の命だが……変化、これこそが仁清らしさだと思いますな」

「講釈はよい。咲花堂は何を言いたいのだ」

「どうどす？　これを、うちで扱わさせて貰えまへんか」

「…………」

「聞けば家宝だとか。言い値で、引き取りさせて戴きます」

「…………」

「そうですな。これは相馬藩主に対して、百八の茶碗を作ったはずで、ここにあるのが七十二。残りの三十六が足らないから、値打ちとしては、随分下がりますが、相当のものは出させて貰いまひょ」

欲に目が眩《くら》んで、食らいつくかと思ったが、向井はあっさりと、売る気はないと断った。そして、誰にも渡す気もないと付け加えた。

「家宝だからですか？」

「そうだ」

「仁清自身が、相馬家に贈ったはずのものが、将軍家拝領になるとは妙な話だが……ま、それはええやろ」

まったく売る気がないのを見て、

——こいつは狂信的な蒐集家に過ぎぬ。

と綸太郎は思った。つまり、気に入ったものは、自分だけが隠し持って楽しむ気質である。この手合いは、揃うべきものが、一個でも欠ければ、気が治まらないものだ。如何なる手だてを使ってでも掌中に入れたがる。だからこそ、女の命が犠牲になるのを承知で、盗ませていたのであろう。

「そうどすか……しょうがないですなあ」

と綸太郎は残念そうに言いながら、洞窟が内部まですべて埋められてしまうことを洩らした。向井はエッと驚愕の目になって、

「ど、どうしてだ……」

と食らいつくように尋ねた。綸太郎たちを生き埋めした後に、掘り返そうとでも思っていたのであろうか。実に不愉快で硬い表情に変わって、

「何故、埋める必要がある。そんなことをせずとも……」

綸太郎はじっと向井を見つめた。剔るような目である。

「なんだ……何を見ておる」

「語るに落ちましたな、向井様」

「え？」

「あの洞窟を埋められては、あんたが困ると認めたようなもんや」

「…………」

「この茶碗が……」

と綸太郎は仁清の茶碗を掲げて、「洞窟の中にあることを、知っている証やないですか。

家宝の茶碗やなかったンですか？」

押し黙った向井に、綸太郎はゆっくりと向き直って、

「値のつけられぬ程の、どんな素晴らしい茶碗でも……人の命より、大切な茶碗なんぞ、この世の中にはないのや！」

そう大声で言うと、手にしていた茶碗を、庭石に向かって投げつけた。

——ガチャン！

風鈴でも割れたような美しい音がして、茶碗は粉々になった。

「うわッ！　うわああ！　わあああ！」

向井は気が触れたように、小さく飛び散った破片を掻き集めながら、

「なんということを……なんということを、ああ……なんという……」

と涙すら浮かべて、いつまでも嘆いていた。

「一個のうなったんや。残りを集めても、しょうがないやろ」

綸太郎が皮肉を言ったとき、向井は虚空を見つめて、夢遊病者のようにふらふらと庭を歩いていた。

「あはは、これでパアだ……何もかもが……ハハハ……アハハハ！」

芸術品は時として刃となる。

綸太郎は改めて、人の心の脆《もろ》さを知るのであった。そして、常に無我の境地で接することが、目利きとしての道や、という父の言葉を思い出していた。

一〇〇字書評

切り取り線

購買動機（新聞、雑誌名を記入するか、あるいは○をつけてください）

□（　　　　　　　　　　　　　　）の広告を見て
□（　　　　　　　　　　　　　　）の書評を見て
□ 知人のすすめで　　　□ タイトルに惹かれて
□ カバーがよかったから　　　□ 内容が面白そうだから
□ 好きな作家だから　　　□ 好きな分野の本だから

●最近、最も感銘を受けた作品名をお書きください

●あなたのお好きな作家名をお書きください

●その他、ご要望がありましたらお書きください

住所	〒				
氏名		職業		年齢	
Eメール	※携帯には配信できません		新刊情報等のメール配信を希望する・しない		

あなたにお願い

この本の感想を、編集部までお寄せいただけたらありがたく存じます。今後の企画の参考にさせていただきます。Eメールでも結構です。

いただいた「一〇〇字書評」は、新聞・雑誌等に紹介させていただくことがあります。その場合はお礼として特製図書カードを差し上げます。

前ページの原稿用紙に書評をお書きの上、切り取り、左記までお送り下さい。宛先の住所は不要です。

なお、ご記入いただいたお名前、ご住所等は、書評紹介の事前了解、謝礼のお届けのためだけに利用し、そのほかの目的のために利用することはありません。またそのデータを六カ月を超えて保管することもありませんので、ご安心ください。

〒一〇一－八七〇一
祥伝社文庫編集長　加藤　淳
☎〇三（三二六五）二〇八〇
bunko@shodensha.co.jp

祥伝社文庫

上質のエンターテインメントを！　珠玉のエスプリを！

祥伝社文庫は創刊15周年を迎える2000年を機に、ここに新たな宣言をいたします。いつの世にも変わらない価値観、つまり「豊かな心」「深い知恵」「大きな楽しみ」に満ちた作品を厳選し、次代を拓く書下ろし作品を大胆に起用し、読者の皆様の心に響く文庫を目指します。どうぞご意見、ご希望を編集部までお寄せくださるよう、お願いいたします。

2000年1月1日　　祥伝社文庫編集部

秘《ひ》する花《はな》　刀剣目利《とうけんめき》き　神楽坂咲花堂《かぐらざかさくはなどう》　時代小説

平成17年9月5日　初版第1刷発行
平成21年3月15日　第6刷発行

著者　井《い》川《かわ》香《こう》四《し》郎《ろう》

発行者　竹内和芳

発行所　祥《しよう》伝《でん》社《しや》
東京都千代田区神田神保町3-6-5
九段尚学ビル　〒101-8701
☎03(3265)2081(販売部)
☎03(3265)2080(編集部)
☎03(3265)3622(業務部)
印刷所　堀内印刷

製本所　関川製本

ISBN4-396-33249-1　C0193

祥伝社のホームページ・http://www.shodensha.co.jp/

祥伝社文庫

井川香四郎
千年の桜 刀剣目利き 神楽坂咲花堂

前世の契りによって、秘かに想いあう娘と青年。しかしそこには身分の壁が…。見守る綸太郎が考えた策とは!?

井川香四郎
閻魔《えんま》の刀 刀剣目利き 神楽坂咲花堂

神楽坂閻魔堂が開帳され、悪人たちが次々と成敗されていく。綸太郎は妖刀と閻魔裁きの謎を見極める!

藤原緋沙子
恋椿 橋廻り同心・平七郎控

橋上に芽生える愛、終わる命…橋廻り同心平七郎と瓦版屋女主人おこうの人情味溢れる江戸橋づくし物語。

藤原緋沙子
火の華《はな》 橋廻り同心・平七郎控

橋上に情けあり。生き別れ、死に別れ、そして出会い。情をもって剣をふるう、橋づくし物語第二弾。

藤原緋沙子
雪舞い 橋廻り同心・平七郎控

一度はあきらめた恋の再燃。逢えぬ娘を近くで見守る父。——橋上に交差する人生模様。橋づくし物語第三弾。

藤原緋沙子
夕立《ゆだ》ち 橋廻り同心・平七郎控

雨の中、橋に佇む女の姿。橋を預かる、北町奉行所橋廻り同心・平七郎の人情裁き。好評シリーズ第四弾。

祥伝社文庫

風野真知雄　勝小吉事件帖　喧嘩御家人

勝海舟の父、最強にして最低の親ばか小吉が座敷牢から難事件をバッタバッタと解決する。

風野真知雄　罰《ばち》当て侍　最後の赤穂浪士　寺坂吉右衛門

赤穂浪士ただ一人の生き残り、寺坂吉右衛門。そんな彼の前に奇妙な事件が舞い込んだ。あの剣の冴えを再び…。

山本一力　大川わたり

「二十両をけえし終わるまでは、大川を渡るんじゃねえ…」博徒親分と約束した銀次。ところが…。

山本一力　深川駕籠《かご》

駕籠《かご》舁き・新太郎は飛脚《ひきゃく》、鳶《とび》といった三人の男と深川から高輪の往復で足の速さを競うことに――。

浦山明俊　噺《はなし》家侍《かざむらい》　円朝捕物咄

名人噺家・三遊亭円朝は父の代までは武士の家系、剣を持てばめっぽう強い。円朝捕物咄の幕が開く！

千野隆司　首斬り浅右衛門人情控

科人たちが死の間際に語る真実とは？人の哀しき業を知り抜く首斬り役・山田浅右衛門吉利が弔いの剣を振るう！

祥伝社文庫

佐伯泰英
初心　密命⑰　闇参籠《さんろう》

若狭に到達した清之助は、荒くれの海天狗退治に一肌脱ぐ。越前永平寺で彼が会得した武芸者の境地とは？

佐伯泰英
遺髪　密命⑱　加賀の変

突如襲撃してきた武芸者を切り捨てた清之助。彼の懐に入っていたのは妻の永代供養料である十両だった

佐伯泰英
意地　密命⑲　具足武者の怪

金杉惣三郎を襲った具足武者の正体、そして新たな密命とは？　江戸と佐渡で父子の必殺剣が冴える！

佐伯泰英
宣告　密命⑳　雪中行

剣術大試合に向け、雪深い越後で修行に励む清之助。一方、江戸では父・惣三郎が驚くべき決断を下していた！

佐伯泰英
祥伝社文庫編
「密命」読本

金杉惣三郎十代の青春を描いた中編「虚けの龍」他、著者インタビュー、地図、人物紹介等…。「密命」を解剖！

藤原緋沙子
恋椿　橋廻り同心・平七郎控

橋上に芽生える愛、終わる命…橋廻り同心平七郎と瓦版屋女主人おこうの人情味溢れる江戸橋づくし物語。